GRACIAS A WINN-DIXIE

Kate DiCamillo

GRACIAS A WINN-DIXIE

NOGUER Y CARALT
EDITORES

Título original
Because of Winn-Dixie
© 2000, by Kate DiCamillo
Published by arrangement with
Walker Books Ltd, London
© 2002, Noguer y Caralt Editores, S.A.
Santa Amelia 22, Barcelona
Reservados todos los derechos
ISBN: 84-279-5002-0
Traducción: Alberto Giménez Rioja
Ilustración de cubierta: Chris Sheban

1ª edición en esta coleción: septiembre 2003

Impreso en España - Printed in Spain
Domingraf, S.L., Mollet del Vallés
Depósito legal: B - 30670-2003

*:— *Para Tracey y Beck*

porque lo oyeron primero

Capítulo Uno

❖— Me llamo India Opal Buloni, y el verano pasado, mi papá, el pastor de la iglesia, me envió una mañana al supermercado a por una caja de macarrones con queso, un poco de arroz y dos tomates y volví con un perro. Esto es lo que sucedió: me metí en la sección de frutas y verduras del supermercado Winn-Dixie para elegir mis dos tomates y me tropecé con el encargado. Estaba allí de pie, como un pasmarote, con la cara muy roja, dando berridos y moviendo los brazos en todas direcciones.

—¿Quién ha dejado entrar un perro? —repetía como un maníaco.

—¿Pero quién ha dejado entrar un perro sucio?

Al principio no vi ningún perro. No vi más que un montón de hortalizas que rodaban por el suelo, como tomates y cebollas y pimientos verdes. Y, además, lo que parecía todo un ejército de empleados de Winn-Dixie correteando de un sitio para otro y moviendo los brazos como aspas de molino, del mismo modo que el encargado movía los suyos.

Y entonces vi al perro que doblaba la esquina a toda carrera. Era un perro muy grande. Y muy feo. Tenía aspecto de estar pasándoselo en grande, le colgaba un palmo de lengua fuera de la boca y meneaba el rabo con rapidez. Se paró deslizándose y me echó una buena sonrisa. Nunca en mi vida había visto sonreír a un perro, pero esto es lo que hizo. Echó los labios para atrás y me enseñó todos los dientes. Entonces meneó el rabo tan fuerte que tiró unas cuantas naranjas de un estante; se fueron rodando en alegre compañía con los tomates, las cebollas y los pimientos verdes.

El encargado gritó:

—¡Que alguien agarre a ese perro!

El perro arrancó a correr en dirección al encargado, meneando el rabo y sonriendo.

Entonces se sentó sobre las patas traseras: estaba claro que todo lo que quería era ponerse frente al encargado y darle las gracias por el buen rato que estaba pasando en la sección de verduras, pero lo único que consiguió fue tropezar con el encargado, que terminó tirado por el suelo. El encargado debía haber tenido un día muy malo porque, tendido en el suelo y delante de todo el mundo, se echó a llorar. El perro se inclinó sobre él muy preocupado y le lamió la cara.

—¡Por favor! —dijo el encargado—. ¡Que alguien llame a los laceros!

—¡Un momento! —grité—. ¡Ese perro es mío, así que nada de llamar a los laceros!

Todos los empleados de Winn-Dixie se volvieron y me miraron, y supe que había hecho algo genial. Y puede que también un tanto estúpido. Pero no había podido evitarlo. No podía permitir que el perro terminara en la perrera.

—Ven aquí, chico —dije.

El perro dejó de lamer la cara del encargado, levantó las orejas y me miró, como si intentara acordarse dónde me había conocido.

—Aquí, chaval —dije de nuevo. En ese momento pensé que el perro era probablemente como todos los demás seres del mundo, que le gustaría ser llamado por un nombre, lo que pasaba es que yo no sabía cómo se llamaba, así que le dije lo primero que me vino a la cabeza. Dije:

—Ven aquí, Winn-Dixie.

Y el perro vino trotando hacia mí como si lo hubiera hecho toda su vida. El encargado se sentó y me miró duramente, como si intentara reírme de él.

—Se llama así —dije—. De verdad.

El encargado respondió:

—¿No sabes que no se puede entrar con un perro al supermercado?

—Sí señor —respondí—. Es que no me di cuenta, lo siento mucho. No volverá a ocurrir.

—Vamos, Winn-Dixie —le dije al perro.

Empecé a andar y él me siguió hasta que salimos de la sección de verduras; pasamos las estanterías de los cereales, dejamos atrás las cajas y salimos por la puerta.

Una vez que estuvimos seguros en el exterior, le examiné con cuidado y me di cuenta de que su aspecto no era tan bueno. Era grande, pero flacucho; podías contarle las costillas. Además estaba lleno de calvas. Era como un gran trozo de alfombra marrón que ha estado a la intemperie mucho tiempo.

—Estás hecho un asco —le dije—. Apuesto a que no tienes dueño.

Volvió a sonreírme. Es decir, volvió a llevar los labios hacia atrás y a enseñarme los dientes. Me echó una sonrisa tan enorme que le provocó un estornudo. Fue como si me dijera: "Ya sé que estoy hecho un asco, ¿no es gracioso?"

Era muy difícil no enamorarse inmediatamente de un perro que tenía un sentido del humor tan estupendo.

—Venga —le dije—. Veamos lo que opina el pastor de ti.

Y los dos, Winn-Dixie y yo, nos pusimos a andar hacia casa.

Capítulo Dos

❖—El verano que encontré a Winn-Dixie fue también el verano en el que el pastor y yo nos trasladamos a Naomi, en Florida, para que pudiera hacerse cargo del puesto de pastor en la Iglesia Baptista Brazos Abiertos de Naomi. Mi papá es un buen pastor y un hombre agradable, pero a veces me resulta difícil pensar en él como mi papá a causa de que pasa tantísimo tiempo rezando o preparando los sermones o preparándose para rezar. Así que, cuando pienso en él, le llamo "el pastor". Antes de que yo naciera fue misionero en la India y de ahí viene mi nombre de pila. Pero suele llamarme por mi segundo nombre, Opal, porque ese era el nombre de su madre. Y la quería mucho.

En cualquier caso, mientras Winn-Dixie y yo andábamos hacia casa, le conté de dónde venía mi nombre y le dije que estábamos recién llegados a Naomi. Le conté también cosas del pastor explicándole que era un buen hombre incluso cuando estaba demasiado distraído con los sermones y las oraciones y los seres sufrientes como para ir al supermercado.

—¿Pero sabes qué? —le dije a Winn-Dixie—. Tú eres un perro sufriente, así que lo más probable es que se haga cargo de ti a la primera y me deje quedarme contigo.

Winn-Dixie levantó la cabeza hacia mí y meneó el rabo. Cojeaba un poco, como si tuviera algún problema en una pata y, tengo que admitirlo, apestaba. Apestaba muchísimo. Era un perro muy feo pero yo ya lo quería con todo mi corazón.

Cuando llegamos al Aparcamiento de Caravanas el Rincón Amistoso le dije a Winn-Dixie que tenía que comportarse estupendamente y estar de lo más tranquilo, porque se trataba de un aparcamiento donde sólo vivían personas mayores y el único motivo por el que se me permitía entrar era porque yo era la hija del pastor, y era una niña buena y tranquila. Yo era lo que el director del Aparcamiento de Caravanas el Rincón Amistoso, el señor Alfred, llamaba "una excepción". Le dije a Winn-Dixie que también él tenía que comportarse como una excepción: le expliqué muy clarito que nada de peleas con los gatos de don Alfredo ni con el histérico perrito Yorkshire de la señora Detweller, Samuel. Winn-Dixie levantó la cabeza hacia mí y me miró mientras yo le decía todo esto. Juro que puso cara de entenderme.

—¡Siéntate! —le dije cuando llegamos al remolque. Se sentó inmediatamente. Estaba bien educado.

—Quédate aquí —le dije—; vuelvo ahora mismo.

El pastor estaba sentado en la sala de estar, trabajando en la pequeña mesa plegable. Estaba rodeado de papeles y en ese momento se rascaba la nariz, lo que siempre significaba que estaba pensando. Pensando muy intensamente.

—¿Papi? —dije.

—Hmmm —respondió.

—Papá, ¿recuerdas que siempre me dices que tenemos que cuidar de los que TIENEN MENOS SUERTE que nosotros?

—Mmmm —hmmm —respondió. Volvió a frotarse la nariz y rebuscó entre sus papeles.

—Bien —dije—. He encontrado a Uno que Tiene Menos Suerte en el supermercado.

—¿De verdad? —respondió mi padre.

—Sí, señor —respondí mirando al pastor muy fijamente. A veces me recuerda a una tortuga escondida dentro de su caparazón, ahí metida pensando en sus cosas y sin sacar ni una sola vez la cabeza para ver el mundo.

—Papá, me preguntaba que si... ¿podría ese Uno con Menos Suerte quedarse con nosotros una temporada?

Por fin, el pastor levantó la cabeza me miró y dijo:

—Opal, ¿de que estás hablando?

—Encontré un perro —respondí—. Y quiero quedarme con él.

—Nada de perros —contestó el pastor—. Ya hemos hablado de eso otras veces. No te hace falta un perro.

—Ya lo sé —respondí—. Ya sé que no necesito un perro. Pero este perro me necesita a mí. Mira —dije. Fui a la puerta del remolque y grité:

—¡Winn-Dixie!

Las orejas de Winn-Dixie se dispararon en el aire: hizo muecas, estornudó, subió cojeando los escalones de la caravana, entró en ella y dirigiéndose al pastor puso la cabeza en su regazo, exactamente sobre una pila de papeles.

El pastor miró a Winn-Dixie. Miró sus costillas, su pelo enmarañado y las calvas. Arrugó la nariz: ya he dicho que el perro olía pero que muy mal. Winn-Dixie levantó la cabeza y miró a su vez al pastor.

Echó hacia atrás los labios, le enseñó sus dientes desiguales, meneó el rabo y tiró unos cuantos papeles de la mesa. Por último estornudó y más papeles se cayeron al suelo.

—¿Le has puesto algún nombre a este animal? —preguntó el pastor.

—Winn-Dixie —susurré. Tenía miedo de decir algo demasiado alto. Estaba claro que Winn-Dixie le estaba haciendo buen efecto al pastor. Le estaba haciendo sacar la cabeza del caparazón.

—Bien —dijo el pastor—, es un perro abandonado, si alguna vez he visto uno. Dejó el lápiz, rascó a Winn-Dixie detrás de las orejas y añadió:

—Y Uno con Menos Suerte, desde luego. Eso seguro. ¿Buscas un hogar? —preguntó el pastor muy bajito a Winn-Dixie.

Winn-Dixie meneó el rabo.

—Bien —dijo el pastor—, supongo que ya lo has encontrado.

Capítulo Tres

❖—Empecé con Winn-Dixie inmediatamente: lo primero era limpiarlo bien, así que le di un baño. Usé la manguera del jardín y champú infantil. Lo soportó como un jabato, pero no puedo decir que le gustara. Durante todo el rato que duró el baño tuvo un aspecto ofendido y ni me enseñó los dientes ni meneó el rabo una sola vez. Después de lavarlo bien y secarlo le di un cepillado de primera. Utilicé mi propio cepillo del pelo y me esforcé mucho para deshacer los nudos y los pegotones de la capa de pelo. No le importó que lo cepillara, al contrario: meneaba el lomo como si se sintiera muy bien. Durante todo el tiempo que estuve trabajando con él le hablé sin parar.

Y él escuchaba. Le dije lo mucho que nos parecíamos:

—Fíjate —le dije—, no tienes familia y yo tampoco. Tengo al pastor, desde luego, pero no tengo mamá. Quiero decir, tuve una, pero no sé dónde está. Se marchó cuando yo tenía tres años. Casi no me acuerdo de ella. Y apostaría cualquier cosa a que tú tampoco te acuerdas mucho de tu mamá. Así que somos casi huérfanos.

Winn-Dixie me miró a los ojos cuando le dije eso, como si se sintiera aliviado de que por fin alguien entendiera su situación. Le hice un gesto con la cabeza y seguí hablando.

—Tampoco tengo amigos, porque se quedaron todos en nuestro antiguo pueblo en Watley. Watley está en el norte de Florida. ¿Conoces esa parte?

Winn-Dixie miró al suelo como si intentara recordar si conocía el norte de Florida.

—¿Sabes qué? —dije—. Desde que nos trasladamos aquí, he estado pensando en mi mamá súper-súper-súper fuerte, mucho más de lo que nunca lo hice cuando vivíamos en Watley.

Winn-Dixie consiguió mover las orejas y levantar las cejas al mismo tiempo.

—Me parece que también el pastor piensa en mi mamá todo el tiempo. Todavía la quiere; lo sé porque en ocasiones oía a las señoras que iban a la iglesia de Watley hablar de él, y decían que aún esperaba que volviera. Pero él no me dice eso: no me habla de ella en absoluto. Y quiero saber más; pero tengo miedo de preguntarle al pastor. Tengo miedo de que se enfade conmigo.

Winn-Dixie me miró fijamente, como si intentara decir algo.

—¿Qué? —pregunté.

El perro siguió mirándome de hito en hito.

—¿Te parece que debería hacer que el pastor me contara cosas de ella?

Winn-Dixie me miró tan fijamente que estornudó.

—Pensaré en ello —dije yo.

Cuando terminé de trabajar con él, el aspecto de Winn-Dixie había mejorado mucho. Todavía tenía calvas, pero su pelo había cobrado un aspecto limpio y brillante. Todavía podías verle las costillas, pero ya me ocuparía yo de que comiera bien para solucionar ese problema. Nada podía hacer sin embargo con sus dientes rotos y amarillos, porque le daban ataques de estornudos cada vez que intentaba cepillárselos con mi cepillo de dientes, y finalmente me rendí. Pero, en conjunto, su aspecto era muchísimo mejor, así que lo subí al remolque y se lo enseñé al pastor.

—Papá —dije.

—Hmmm —respondió él. Preparaba un sermón y parecía hablar consigo mismo.

—Papi, quiero enseñarte al nuevo Winn-Dixie.

El pastor dejó el lápiz sobre la mesa, se frotó la nariz y levantó la vista.

—¡Bien! —dijo, sonriendo muy ampliamente mientras miraba a Winn-Dixie—, pero que muy bien. Vaya aspecto más estupendo que tienes.

Winn-Dixie le devolvió la sonrisa al pastor. Se adelantó y posó su cabeza sobre el regazo de mi padre.

—Ahora huele muy bien —añadió el pastor. Rascó la cabeza de Winn-Dixie y le miró a los ojos.

—Papá —dije muy rápidamente antes de que se me fuera el valor—, he estado hablando con Winn-Dixie.

—¿De verdad? —dijo el pastor mientras seguía rascándole la cabeza al perro.

—Le he dicho, y él está de acuerdo conmigo que, como ya tengo diez años, soy lo suficientemente mayor para que me cuentes cosas de mamá. Diez cosas nada más, eso es todo.

El pastor dejó de rascarle la cabeza a Winn-Dixie y se quedó muy quieto. Me di cuenta de que pensaba en la conveniencia de volver a meter la cabeza en el caparazón.

—Una cosa por cada año de mi vida —añadí—. Por favor.

Winn-Dixie levantó la vista hacia el predicador y le dio un golpecito con el hocico. El pastor suspiró y le dijo a Winn-Dixie :

—Debería haberme imaginado que ibas a dar problemas.

Luego me miró a mí. Después, mirando al perro, añadió:

—Vamos a ver, Opal. Siéntate y te contaré diez cosas de tu mamá.

Capítulo Cuatro

❖—Uno —dijo el pastor. Estábamos sentados en el sofá con Winn-Dixie entre nosotros. Winn-Dixie había decidido ya que el sofá le gustaba un montón.

—Uno —dijo el pastor de nuevo. Winn-Dixie le miró con fijeza—. Tu mamá era muy divertida. Podía hacer que casi cualquiera se partiera de risa.

—Dos —añadió—. Tenía pecas y el pelo rojo.

—Igual que yo —contesté.

—Igual que tú —asintió el pastor.

—Tres, le gustaba plantar cosas. Tenía talento para ello. Podía plantar una rueda en el jardín y recoger un coche.

Winn-Dixie comenzó a mordisquearse una pata, y le di un cachete en la cabeza para que parara.

—Cuatro —prosiguió el pastor—. Corría mucho. Si echabas una carrera con ella no podías darle ni siquiera una cabeza de ventaja, porque siempre te ganaba.

—También yo soy así —contesté.

En nuestro pueblo, en Watley, echaba carreras con Liam Fullerton y le ganaba por mucho, y él decía que no era justo, porque los chicos y las chicas no tienen que echar carreras entre ellos, para empezar. Yo le contestaba que era un mal perdedor y un llorica.

El pastor hizo un gesto de asentimiento y se quedó callado durante unos cuantos segundos.

—Me puedes contar cuando quieras el número cinco —dije.

—Cinco —contestó—. No sabía guisar. Lo quemaba todo, incluyendo el agua. Lo pasaba fatal abriendo una lata de frijoles. No sabía por dónde empezar delante de un filete. Seis.

El pastor se tomó su tiempo para frotarse la nariz y mirar al techo.

Winn-Dixie también miró hacia arriba. Al fin, añadió:

—El número seis es que a tu madre le encantaban los cuentos. Podía estarse sentada escuchando cuentos, historias, lo que fuera, todo el día. Le encantaba que le contaran historias. Le gustaban sobre todo las divertidas, las historias que la hacían reír. El pastor hizo un gesto de asentimiento con la cabeza como si estuviera mostrando su conformidad consigo mismo.

—¿Cuál es el número siete? —pregunté.

—Veamos —dijo mi padre —, se sabía todas las constelaciones y todos los planetas del cielo nocturno. Cada uno de ellos. Se sabía sus nombres y dónde estaban. Y nunca se cansaba de mirarlos.

—Número ocho —dijo el pastor con los ojos cerrados—, detestaba ser la esposa de un pastor. Decía que le resultaba imposible aguantar a las beatas de la iglesia, que juzgaban lo que vestía y lo que cocinaba y cómo cantaba. Decía que la hacían sentirse como un insecto bajo el microscopio.

Winn-Dixie se tumbó en el sofá con el hocico en el regazo del pastor y el rabo en el mío.

—Diez —dijo el pastor.

—Nueve —le corregí.

—Nueve —rectificó el pastor—. Bebía, bebía cerveza y whisky y vino. A veces no podía dejar de beber. Y eso hacía que tu mamá y yo discutiéramos mucho.

—Número diez —añadió con un gran suspiro—, el número diez es que tu mamá te quería. Te quería muchísimo.

—Pero me abandonó —contesté.

—Nos abandonó —dijo el pastor en voz baja. Vi como retraía su vieja cabeza de tortuga en el interior de su estúpido caparazón.

—Hizo las maletas y nos abandonó. Se lo llevó todo.

—Bien —dije. Me levanté del sofá de un salto. Winn-Dixie hizo lo mismo. Añadí:

—Gracias por contármelo.

Fui derecho a mi habitación y escribí las diez cosas que el pastor me había contado. Las escribí del mismo modo en que me las había dicho para que no se me olvidaran y se las leí en voz alta a Winn-Dixie hasta que me las aprendí de memoria. Quería saberlas del derecho y del revés. De ese modo, si mamá volvía alguna vez, podría reconocerla y abrazarla muy fuerte para que no volviera a separarse de mí.

Capítulo Cinco

❖—Winn-Dixie no soportaba quedarse solo: nos dimos cuenta de ello inmediatamente. Si el pastor y yo nos íbamos y se quedaba solo en el remolque tiraba todos los cojines del sofá y sacaba el papel higiénico del rollo, así que lo dejábamos atado fuera con una cuerda cuando teníamos que salir. Eso tampoco funcionaba, porque Winn-Dixie se ponía a aullar hasta que Samuel, el perrito de la señora Detweller, empezaba también a aullar. Y éste era exactamente el tipo de ruido que no quería oír la gente de un aparcamiento de caravanas donde sólo hay adultos.

—Lo que pasa es que no quiere quedarse solo —le dije al pastor—. Eso es todo. ¿Por qué no lo llevamos con nosotros?

Probablemente, cuando le dejábamos solo, se le partía el corazón.

Después de un tiempo, el pastor se rindió. Fuéramos donde fuéramos nos llevábamos a Winn-Dixie. Incluso a la iglesia.

La Iglesia Baptista Brazos Abiertos de Naomi no es una iglesia como las demás. El edificio había sido un supermercado de la cadena COMPRA RÁPIDA, y cuando entras por la puerta delantera lo primero que ves es el lema de la compañía. Está escrito en el suelo con pequeños baldosines rojos que componen letras muy grandes. Dicen: "COMPRA RÁPIDA". El pastor intentaba tapar los baldosines con pintura, pero las letras no permanecían cubiertas mucho tiempo, con lo que había terminado por abandonar el intento y los había dejado tal cual.

La otra particularidad de la Iglesia Brazos Abiertos que la diferenciaba de las demás iglesias es que no tenía bancos. La gente traía sus propias sillas plegables, taburetes o sillas de jardín, y en ocasiones parecía que la congregación era más bien un grupo de gente que veía un desfile o que descansaba en una barbacoa en lugar de asistir a una iglesia. Era pues una iglesia más bien rara y pensé que Winn-Dixie se adaptaría bien a ella. Pero la primera vez que llevamos a Winn-Dixie a Brazos Abiertos el pastor dijo que iba a dejarlo junto a la puerta delantera.

—¿Para eso lo hemos traído hasta aquí? ¿Para dejarlo fuera? —le pregunté al pastor.

—A los perros no se les permite entrar en la iglesia, Opal —respondió el pastor—. Ese es el motivo.

Ató a Winn-Dixie a un árbol diciendo que había mucha sombra y que iba a estar estupendamente.

Pues no, no estuvo estupendamente. Comenzó el servicio religioso, se cantaron unos himnos, se rezó y entonces el pastor dio comienzo a su sermón. No había pronunciado más que dos o tres palabras cuando fuera se oyó un terrible aullido.

El pastor intento ignorarlo.

—Hoy... —dijo.

—¡Auuurrr, aurrrrr, auuuuuurrrrr! —aulló Winn-Dixie.

—Por favor —dijo el pastor.

—¡Auuurrr, aurrrrr, auuuuuurrrrr! —respondió Winn-Dixie.

—Amigos míos... —intentó proseguir el pastor.

—¡Arrrruuuuipppp! —gimió Winn-Dixie.

Los fieles empezaron a revolverse en sus sillas plegables y a mirarse unos a otros.

—Opal —dijo el pastor.

—¡Oauuuuuooo! —respondió Winn-Dixie.

—¿Sí, señor? —contesté yo.

—¡Vete a por ese perro! —chilló mi padre.

—¡Sí, señor! —contesté chillando yo también.

Salí, desaté a Winn-Dixie y lo metí en la iglesia. Se sentó junto a mí y levantó la cabeza para sonreír al pastor, que no pudo evitar devolverle la sonrisa. Winn-Dixie tenía ese efecto en él.

Así que el pastor comenzó su sermón de nuevo. Winn-Dixie escuchaba con mucha atención, moviendo las orejas de un lado a otro para intentar no perderse ni una sola palabra. Y todo habría ido estupendamente si no hubiera sido por el ratón que cruzó el suelo a toda carrera.

En Brazos Abiertos había ratones. Venían de la época en que la iglesia era un COMPRA RÁPIDA y había muchas cosas buenas para comer en el edificio. Cuando el COMPRA RÁPIDA se convirtió en la Iglesia Baptista Brazos Abiertos de Naomi, los ratones se quedaron por allí para comerse todos los mendrugos y cualquier resto apetitoso que pudieran encontrar.

El pastor siempre decía que iba hacer algo al respecto, pero nunca lo hizo. Porque la verdad es que no podía soportar la idea de herir a nadie, ni siquiera a un ratón.

Pues bien, Winn-Dixie vio al ratón y se fue a por él de un salto. Todo estaba quieto y tranquilo y solemne y el pastor hablaba y hablaba y un momento después Winn-Dixie se había convertido en un proyectil peludo disparado por todo el edificio que intentaba agarrar a un ratón. Ladraba estentóreamente y patinaba sobre el pulido suelo de Compra Rápido y los allí congregados chillaban, aplaudían y señalaban con el dedo, hasta prorrumpir en una salva de vítores cuando Winn-Dixie por fin se hizo con el ratón.

—Nunca en mi vida he visto a un perro coger un ratón —dijo la señora Nordley que se sentaba junto a mí.

—Es un perro especial —le dije.

—Ya me lo imagino —me contestó.

Winn-Dixie se quedó sentado frente a la congregación, meneando el rabo y sujetando al ratón en la boca con mucho cuidado, sin dejar que se escapara pero sin morderlo.

—Me da la impresión que ese chucho tiene algo de perro de caza —dijo alguien detrás de mí—. Se ha portado como un verdadero campeón.

Winn-Dixie se acercó hasta el pastor con el ratón en la boca y lo soltó a sus pies. Cuando el ratón intentó escaparse, Winn-Dixie le pisó la cola con una pata, levantó la cabeza y sonrió al pastor, enseñándole todos los dientes. El pastor miró al ratón, miró a Winn-Dixie, me miró a mí y se frotó la nariz. Se había hecho un silencio absoluto en el antiguo COMPRA RÁPIDA.

—Recemos —dijo finalmente el pastor—, por este ratón.

Todo el mundo empezó a reír y aplaudir. El pastor agarró al ratón por la cola, se acercó hasta la puerta y lo tiró por ella, y todo el mundo aplaudió de nuevo.

Entonces volvió y todos rezamos juntos. Yo recé por mi mamá, explicándole a Dios lo mucho que ella habría disfrutado oyendo la historia de

Winn-Dixie corriendo detrás del ratón y atrapándolo sin matarlo: la habría hecho reír. Le pedí a Dios si quizá pudiera ser yo la que le contara esa historia algún día.

Y entonces le dije a Dios lo sola que me sentía en Naomi, porque no conocía a muchos niños, sólo a los que iban a la iglesia. Y no había tantos niños en Brazos Abiertos, sólo Dunlap y Stevie Dewberry, dos hermanos que aunque no eran gemelos, lo parecían. Otra era Amanda Wilkinson, que siempre tenía el ceño fruncido como si oliera algo muy desagradable, y también Pastelito Thomas, que sólo tenía cinco años y que era una pequeñaja. Y ninguno de ellos quería ser mi amigo, porque probablemente pensaban que yo iba a contarle al pastor cualquier cosita mala que hicieran, y que tendrían problemas con Dios y con sus padres. Así que le dije a Dios que me sentía sola incluso teniendo a Winn-Dixie.

Y finalmente recé por el ratón como el pastor había sugerido. Recé para que no hubiera resultado herido cuando salió volando por la puerta de la Iglesia Baptista Brazos Abiertos de Naomi. Recé para que hubiera aterrizado en un trozo blandito de hierba.

Capítulo Seis

❖—Pasé mucho tiempo ese verano en la Biblioteca Conmemorativa Herman W. Block. Si dices Biblioteca Conmemorativa Herman W. Block parece un sitio impresionante, pero no lo es. No es más que una casita llena de libros con la señorita Franny Block, que los cuida. Es una anciana muy bajita de pelo gris muy corto y fue la primera amiga que hice en Naomi.

Todo empezó cuando a Winn-Dixie no le gustó que yo entrara en la biblioteca. Porque él no podía. Pero yo le enseñé a apoyarse en el antepecho de una de las ventanas con sus patas delanteras para que pudiera verme en el interior, mientras seleccionaba mis libros: él estaba perfectamente siempre que me pudiera ver. Pero el asunto fue que la primera vez que la señorita

Franny Block vio a Winn-Dixie parado sobre sus patas traseras mirando por la ventana no pensó que fuera un perro, sino un oso.

Esto es lo que sucedió.

Yo estaba seleccionando mis libros canturreando para mí misma y de repente oí un grito agudo y espantoso. Fui corriendo hasta la parte delantera de la biblioteca y allí estaba la señorita Franny Block, sentada en el suelo detrás de su mesa.

—¿Señorita Franny? —dije—. ¿Se encuentra bien?

—¡Un oso! —contestó.

—¿Un oso? —pregunté.

—¡Ha vuelto! —dijo ella.

—¿Ha vuelto? —pregunté yo a mi vez—. ¿Dónde está?

—Ahí fuera —dijo señalando con el dedo a Winn-Dixie que, apoyado en el antepecho de la ventana, me miraba a través del cristal.

—Señorita Franny Block —dije—, eso no es un oso. Es un perro. Mi perro. Winn-Dixie.

—¿Estás segura? —preguntó.

—Sí, señora —respondí—. Muy segura. Es mi perro. Lo reconocería en cualquier sitio.

La señorita Franny seguía sentada, jadeante y temblorosa.

—Venga —dije—. Déjeme ayudarla, no pasa nada.

Le tendí una mano, la señorita Franny se agarró a ella y la levanté del suelo de un tirón. No pesaba casi nada. Una vez en pie de nuevo, empezó a comportarse como si se sintiera muy avergonzada, diciendo que yo debía pensar que era una vieja tonta que confundía un perro con un oso, pero que había tenido una mala experiencia hacía mucho tiempo con un oso que había entrado en la Biblioteca Conmemorativa Herman W. Block y que jamás había conseguido superarla del todo.

—¿Qué ocurrió? —le pregunté.

—Bien —contestó la señorita Franny—, es una historia muy larga.

—Ah, pues muy bien —dije yo—. Me parezco a mi mamá en que me gustan las historias largas. Pero antes de que empiece a contármela, ¿podría pasar Winn-Dixie y escucharla también? Se siente solo sin mí.

—No sé qué decirte —contestó la señorita Franny—. No se permite la entrada de perros en la Biblioteca Conmemorativa Herman W. Block.

—Se portará bien —respondí—. Es un perro que va a la iglesia.

Y antes de que pudiera decir sí o no, salí, agarré a Winn-Dixie y entré con él. Se dejó caer en el suelo de la biblioteca con un "huuuummppff" y un suspiro a los pies de la señorita Franny. La señorita Franny miró hacia abajo y dijo:

—Verdaderamente es un perro muy grande.

—Sí, señora —contesté—. Y también tiene un corazón muy grande.

—Bien —respondió la señorita Franny. Se inclinó y le dio unos golpecitos a Winn-Dixie en la cabeza, y Winn-Dixie movió el rabo de un lado a otro y olfateó los pequeños pies de la anciana, que dijo:

—Déjame que vaya a por una silla y me siente para poder contarte esta historia como es debido.

Capítulo Siete

❖—Hace muchos años, cuando Florida estaba todavía en estado salvaje, cuando no había más que palmeras y mosquitos tan grandes que podían agarrarte y llevarte volando —empezó la señorita Franny Block—, y yo era una muchachita no mayor que tú, mi padre, Herman W. Block, me dijo que iba a regalarme lo que le pidiera para mi cumpleaños. Cualquier cosa que yo quisiera. Cualquier cosa.

La señorita Franny le echó un vistazo a la librería y se inclinó hacia mí:

—No quiero parecer jactanciosa —dijo—, pero mi papá era un hombre muy rico. Pero que muy rico.

Hizo un signo de asentimiento con la cabeza, se echó hacia atrás en la silla y continuó:

—Y yo era una muchachita que adoraba leer. Así que le dije: "Papi, el regalo que más me gustaría del mundo es una biblioteca. Una pequeña biblioteca sería maravilloso".

—¿Le pidió usted una biblioteca?

—Una pequeña —la señorita Franny hizo un gesto de asentimiento—. Lo que yo quería era una casa pequeña llena exclusivamente de libros, pero también quería compartirlos. Y mi deseo se realizó: mi padre me construyó esta casa, la misma en la que estamos ahora sentadas, y muy jovencita me convertí en bibliotecaria. Sí, señorita.

—¿Y qué pasó con el oso? —dije.

—¿Te he dicho ya que Florida era una tierra salvaje en esa época? —preguntó la señorita Franny Block.

—Ajá, sí que me lo dijo, sí.

—Era salvaje, los hombres eran salvajes, las mujeres eran salvajes y los animales eran salvajes.

—¡Como los osos!

—Sí, señorita, así es. Bien, tengo que decirte que yo era una niña sabelotodo. Era una verdadera sabihonda con mi biblioteca llena de libros. Oh, vaya que sí, pensaba que sabía las respuestas de todas las preguntas. Pues bien, un jueves que hacía mucho calor estaba sentada en mi biblioteca con todas las puertas y las ventanas abiertas y la nariz metida en un libro, cuando una sombra cruzó mi mesa. Y sin levantar la vista, no señor, sin ni siquiera mirar para arriba, pregunté: "¿Desea que le ayude a buscar algún libro?" Bien, nadie me respondió. Yo pensé que podría tratarse de un hombre salvaje o de una mujer salvaje, intimidada por todos estos libros e incapaz de hablar. Pero entonces me vino a la nariz un olor muy peculiar, un olor muy fuerte. Levanté los ojos muy despacio y justo frente a mí había un oso. Sí señorita, un oso pero que muy grande.

—¿Cómo de grande? —pregunté.

—Oh, vaya —dijo la señorita Franny—, puede que tres o cuatro veces del tamaño de tu perro.

—¿Y qué ocurrió entonces? —le pregunté.

—Bien —dijo la señorita Franny—, le miré y me miró. Levantó en el aire su gran nariz y olfateó y olfateó como si intentara decidir si lo que le apetecía comer era una bibliotecaria jovencita y sabelotodo. Y yo sentada allí pensando: bien si este oso quiere comerme no se lo voy a permitir sin luchar. No, señorita. Así que lentamente y con mucho cuidado levanté el libro que estaba leyendo.

—¿Qué libro era? —pregunté.

—Pues mira, Guerra y Paz, un libro pero que muy gordo. Lo levanté lentamente y apunté con cuidado y se lo arrojé al oso mientras gritaba "¡Márchate!" ¿Y sabes lo que pasó entonces?

—No, señora —respondí yo.

—Pues que se fue. Pero hay una cosa que jamás olvidaré: se llevó el libro.

—¡Nooo! —respondí.

—Sí, señorita —respondió la señorita Franny—. Agarró el libro y salió corriendo.

—¿Volvió? —pregunté.

—No, nunca le vi de nuevo. Los hombres del pueblo se burlaban de mí por esta causa. Solían decir: "Señorita Franny, hoy hemos visto a ese oso suyo en el bosque. Estaba leyendo su libro y dijo que era muy bueno, y que si le permitiría tenerlo una semana más". Sí, señorita. Vaya si me fastidiaban con esto.

Suspiró y añadió:

—Supongo que soy la única que queda de esos días remotos. Supongo que soy la única que se acuerda del oso. Todos mis amigos, todos los que conocí cuando era joven, están muertos.

Suspiró nuevamente. Tenía un aspecto viejo y triste y arrugado, tal como yo me sentía a veces, en un pueblo nuevo, sin amigos y sin una mamá que me consolara. También yo suspiré.

Winn-Dixie, que había estado tumbado sobre las patas delanteras, se levantó, pasó la mirada de una a otra, se sentó y le enseñó los dientes a la señorita Franny.

—Mira, vaya, qué te parece —dijo—. El perro me está sonriendo.

—Es un talento que tiene —contesté.

—Pues es un talento estupendo —dijo la señorita Franny—. Un talento estupendo de verdad.

Y le devolvió la sonrisa a Winn-Dixie.

—Podríamos ser amigas —le dije a la señorita Franny—. Quiero decir, usted, yo y Winn-Dixie podíamos ser amigos.

La sonrisa de la señorita Franny se ensanchó más y más y dijo:

—¡Vaya, sería estupendo! —respondió—, estupendo de verdad.

Y exactamente en ese momento, justo cuando los tres habíamos decidido ser amigos, quién sino Amanda Wilkinson, la del ceño fruncido, entraba en la Biblioteca Conmemorativa Herman W. Block. Se acercó hasta la mesa de la señorita Franny y dijo:

—He terminado Johnny Tremain y me ha gustado muchísimo. Ahora quiero algo incluso más difícil porque soy una lectora avanzada.

—Sí, querida, ya lo sé —dijo la señorita Franny y se levantó de la silla.

Amanda fingió que yo no estaba allí. Pasó por mi lado sin mirarme y dijo:

—¿Se permite la entrada de perros en la biblioteca, señorita Franny?

—A algunos —respondió la señorita Franny—, a un pequeño grupo selecto.

Al decir esto, se volvió hacia a mí y me guiñó un ojo. Yo le devolví una sonrisa.

Acababa de hacer mi primera amiga en Naomi y nadie iba a estropeármelo, ni siquiera Amanda Wilkinson, la del ceño fruncido.

Capítulo Ocho

A Winn-Dixie le empezó a crecer pelo en las calvas y el que le salía tenía un aspecto brillante y saludable. También había dejado de cojear. Y además, te dabas cuenta de que estaba orgulloso de tener tan buen aspecto, orgulloso de no parecer un perro callejero. Caí en la cuenta de que necesitaba un collar y una correa por encima de todo, así que fui a Animales de Compañía de Gertrudis, donde había peces y serpientes y ratones y lagartos y cobayas y todo tipo de accesorios y alimentos y encontré un precioso collar de cuero rojo y una correa a juego. Winn-Dixie no podía entrar en la tienda (que tenía un gran cartel en la puerta donde decía NO SE ADMITEN PERROS), así que le enseñé el collar y la correa a través del escaparate y Winn-Dixie, que estaba al otro lado, levantó el labio superior y me enseñó los dientes y estornudó y movió el rabo con algo parecido a la furia, así que supe que le encantaba absolutamente el conjunto de correa y collar. Pero era muy caro.

Decidí que lo mejor era explicarle mi situación al hombre que estaba detrás del mostrador. Le dije:

—No tengo suficiente dinero como para comprar algo tan bonito. Pero me encantan este collar y esta correa y también le gustan a mi perro, y estaba pensando que a lo mejor me podría usted preparar un plan de financiación.

—¿Plan de financiación? —dijo el hombre.

—¡Gertrudis! —gritó alguien con una voz realmente irritante.

Miré a mi alrededor: era una cotorra. Estaba sentada sobre uno de los tanques de peces y me miraba directamente.

—Un plan de financiación —dije ignorando a la cotorra—, ya sabe, eso de prometer que yo le entrego mi asignación todas las semanas y usted me da ahora el collar y la correa.

—No creo que pueda hacerlo —contestó el hombre. Meneó la cabeza y añadió: —No, la propietaria no lo permitiría.

Bajó la vista al mostrador: no quería mirarme. Llevaba el pelo espeso y negro peinado con brillantina como el de Elvis Presley. Su nombre, OTIS, se leía en una etiqueta prendida en su camisa.

—O podría trabajar para usted —dije entonces—. Podría venir y barrer el suelo y quitar el polvo y sacar la basura. Puedo hacer muy bien todo eso.

Le eché una mirada a la tienda: el suelo estaba cubierto de arena y cáscaras de semillas de girasol y grandes pelusas. Estaba claro que le iba a venir muy bien un barrido.

—Uh —dijo Otis y siguió mirando un poco más al mostrador.

—¡Gertrudis! —gritó nuevamente la cotorra.

—Soy de toda confianza —dije entonces—. Soy nueva en el pueblo, pero mi padre es pastor. Predica en la Iglesia Baptista Brazos Abiertos de Naomi, así que soy honrada de verdad. Lo único que pasa es que Winn-Dixie, mi perro, tendría que entrar aquí conmigo, porque si nos separamos mucho tiempo empieza a aullar de un modo verdaderamente horroroso.

—A Gertrudis no le gustan los perros —dijo Otis.

—¿Es la propietaria? —pregunté.

—Sí, quiero decir, no... —por fin levantó la cabeza y, señalando al primer tanque, añadió—: Esa es Gertrudis. La cotorra. Le puse así en honor a la propietaria.

—¡Gertrudis es un pájaro muy bonito! —gritó Gertrudis.

—A lo mejor le gusta Winn-Dixie —le dije a Otis—. A todo el mundo le gusta. Tal vez podría pasar dentro y conocerla, y si se caen bien a lo mejor podría usted darme trabajo.

—Tal vez —murmuró Otis y volvió a fijar de nuevo la vista en el mostrador.

Así que me acerqué hasta la puerta y llamé a Winn-Dixie, que entró trotando en la tienda.

—¡Perro! —gritó Gertrudis.

—Ya lo sé —le contestó Otis.

Y entonces Gertrudis se quedó completamente en silencio. Estaba sentada en la parte superior del tanque inclinando la cabeza de un lado a otro, mirando a Winn-Dixie; éste le devolvía la mirada y casi no se movía. No meneaba el rabo. No sonreía ni estornudaba. Se limitaba a contemplar a Gertrudis mientras ella le miraba a su vez. Y entonces la cotorra extendió las alas todo lo que daban de sí y voló majestuosamente hasta posarse en la cabeza de Winn-Dixie.

—¡Perro! —soltó con su voz chirriante.

Winn-Dixie movió el rabo sólo un poquito.

Y Otis entonces dijo:

—Puedes empezar el lunes.

—Gracias —contesté yo—. No lo lamentará.

Cuando salimos de la tienda Animales de Compañía de Gertrudis le dije a Winn-Dixie:

—Eres mejor haciendo amigos que nadie que yo haya conocido. Apuesto a que si mamá te hubiera conocido hubiera pensado que eras el mejor perro del mundo.

Winn-Dixie me sonrió y yo le devolví la sonrisa, así que ninguno de los dos miraba por dónde iba y casi nos caemos encima de Pastelito Thomas. Allí estaba la niña, de pie, chupándose el nudillo del tercer dedo, y mirando por el escaparate de Animales de Compañía de Gertrudis.

Se sacó el dedo de la boca y me miró con sus ojazos grandes y redondos.

—¿Ese pájaro estaba sentado en la cabeza del perro? —dijo. Tenía recogido el pelo en una cola de caballo sujeta con una cinta rosa. Aunque en realidad no era una verdadera cola de caballo, sino más bien una cinta que recogía unos cuantos mechones de pelo.

—Sí —le contesté.

—Lo he visto —dijo ella. Asintió con la cabeza y se volvió a meter el dedo en la boca. Entonces se lo sacó de nuevo rápidamente y dijo:

—También he visto ese perro en la iglesia. Perseguía un ratón. Yo quiero un perro como el tuyo, pero mi mamá no me deja. Dice que si soy buena, muy buena, tal vez pueda tener un pez o una cobaya. Eso es lo que dice. ¿Puedo acariciar a tu perro?

—Claro —le contesté.

Pastelito le estuvo acariciando la cabeza a Winn-Dixie durante tanto tiempo y con tanta seriedad que los ojos del perro se cerraron y se le empezó a caer la baba por un costado de la boca. Pastelito dijo entonces:

—Voy a cumplir seis años en septiembre, y cuanto tenga seis años tendré que dejar de chuparme el dedo. Voy a dar una fiesta. ¿Quieres venir a mi fiesta? El tema es el rosa. Todos tenéis que venir con algo rosa.

—Claro —respondí.

—¿Puede venir el perro? —preguntó.

—Por supuesto —respondí. Y de repente me sentí feliz. Tenía un perro. Tenía trabajo. La señorita Franny Block era mi amiga. Y ahora llegaba mi primera invitación a una fiesta en Naomi. No me importaba que me hubiera invitado una niña de cinco años y que la fiesta no fuera a celebrarse hasta septiembre. Ya no me sentía tan sola.

Capítulo Nueve

❖— Casi todo lo que me ocurrió ese verano me ocurrió por culpa de Winn-Dixie. Sin él, por ejemplo, nunca hubiera conocido a Gloria Dump. Él fue el que nos presentó.

Lo que ocurrió fue esto.

Volvía a mi casa en bicicleta después de la visita a los Animales de Compañía de Gertrudis mientras Winn-Dixie corría a mi lado. Pasamos por delante de la casa de Dunlap y Stevie Dewberry, que me vieron, tomaron sus bicicletas y empezaron a seguirme. Como no podían darme alcance se limitaron a rodar detrás de mí diciéndome cosas que no podía oír. Ninguno de los dos tenía ni un solo pelo en la cabeza, porque su mamá les afeitaba el pelo todas las semanas durante el verano porque en una ocasión Dunlap se contagió de las pulgas de su gata Sadie. Ahora eran como dos gemelos calvos idénticos, a pesar de que no eran gemelos. Dunlap tenía diez años como yo, y Stevie nueve, aunque era alto para su edad.

—¡Puedo oíros! —grité hacia ellos—. Puedo oír lo que decís.

Pero no podía. Winn-Dixie empezó a correr a toda velocidad delante de mí.

—¡Ten cuidado! —berreó Dunlap—. ¡Ese perro va directo a la casa de la bruja!

—¡Winn-Dixie! —grité. Pero siguió galopando más y más deprisa hasta que salvó de un salto una puerta y se metió en el patio más frondoso y peor cuidado que yo había visto jamás.

—Si sabes lo que te conviene, saca a tu perro de ahí —dijo Dunlap.

—¡La bruja se comerá ese perro! —dijo Stevie.

—¡Callaos de una vez! —les grité.

Desmonté de mi bicicleta, llegué hasta la puerta y grité:

—¡Winn-Dixie, ven aquí inmediatamente!

Pero no me obedeció.

—Probablemente se lo esté comiendo ahora mismo —dijo Stevie. Dunlap y él estaban de pie detrás de mí.

—Come perros todo el tiempo.

—¡Váyanse, bebés calvos! —contesté.

—Oye —dijo Dunlap—. ¿Hablan así de mal las hijas de los pastores?

Stevie y él retrocedieron un poco.

Yo me quedé allí de pie, pensando. Finalmente decidí que me daba más miedo perder a Winn-Dixie que el que me inspiraba una bruja que comía perros, así que crucé la puerta y me metí en el patio.

—La bruja va a zamparse al perro para cenar y a ti de postre —dijo Stevie.

—Le diremos al pastor lo que te ha sucedido —gritó Dunlap detrás de mí.

Para entonces ya me había internado en la jungla. Crecían cosas de todo tipo: flores, hortalizas, árboles y viñas.

—¿Winn-Dixie? —dije.

—Je, je, je je, —oí entonces—. A este perro le encanta comer.

Rodeé un árbol gordísimo todo cubierto de musgo y allí estaba Winn-Dixie, comiendo algo de la mano de la bruja. Ella levantó la cabeza, me miró y dijo:

—A este perro le encanta la mantequilla de cacahuete —dijo—. Siempre puedes fiarte de un perro al que le gusta la mantequilla de cacahuete.

Era muy vieja; su piel marrón estaba muy arrugada. Llevaba puesto un gran sombrero blanco cubierto de flores y no tenía ni un diente, pero no parecía una bruja. Parecía una persona agradable. Y a Winn-Dixie le gustaba, eso estaba claro.

—Siento que se metiera en su jardín —dije.

—No tienes que sentirlo —contestó ella—. Me gusta un poco de compañía.

—Me llamo Opal —le dije entonces.

—Y yo Gloria Dump —dijo—. No me gusta nada.

—Mi apellido es Buloni —dije yo. A veces los compañeros de colegio en Watley me llamaban "buloñesa".

—¡Ja! —se rió la señora Dump—. ¿Y este perro qué? ¿Cómo lo llamas?

—Winn-Dixie —contesté. Winn-Dixie golpeó el suelo con el rabo. Intentó sonreír pero le resultó más bien difícil con la boca llena de mantequilla de cacahuete.

—¿Winn-Dixie? —dijo Gloria Dump—. ¿Como el supermercado?

—Sí, señora —respondí yo.

—Guaaaá —respondió ella—. Ese nombre se lleva el premio a los nombres raros, ¿no?

—Sí, señora —contesté.

—Estaba a punto de hacerme un sandwich de mantequilla de cacahuete —dijo—. ¿Quieres uno?

—Bueno —contesté—. Me encantará, gracias.

—Venga, siéntate ahí —dijo señalando una silla de jardín con el respaldo roto—. Pero siéntate con cuidado.

Me senté con mucho cuidado y Gloria Dump me hizo un sandwich de mantequilla de cacahuete en pan blanco.

Luego se preparó uno para ella y se puso unos dientes postizos para comerlo. Cuando hubo terminado me dijo:

—Me falla miserablemente la vista: sólo puedo ver la forma general de las cosas, así que tengo que fiarme de mi corazón. ¿Por qué no me cuentas cosas de ti para que pueda verte con mi corazón?

Y como Winn-Dixie la miraba como si fuera lo más bonito que había visto nunca y como el sandwich de mantequilla de cacahuete había estado tan bueno y como había estado esperando tanto tiempo para contarle a alguien todo sobre mí, lo hice.

Capítulo Diez

❖— Le conté todo a la señora Dump. Le conté cómo el pastor y yo nos habíamos trasladado a Naomi y cómo había tenido que dejar atrás a todos mis amigos. Le conté cómo se había ido mamá y le conté la lista de las diez cosas que sabía de ella. Le conté que aquí, en Naomi, echaba de menos a mamá mucho más de lo que la había echado en Watley. Le conté que el pastor era como una tortuga que se escondía todo el tiempo en su caparazón. Le conté cómo había encontrado a Winn-Dixie en el departamento de frutas y verduras del supermercado y cómo por culpa suya me había hecho amiga de la señorita Franny Block y había conseguido trabajar para un hombre llamado Otis en la tienda Animales de Compañía de Gertrudis y cómo Pastelito Thomas me había invitado a su fiesta de cumpleaños. Le conté incluso que Dunlap y Stevie Dewberry la habían llamado bruja, pero le dije también que eran unos chicos estúpidos, malos y calvos y que no les creía en absoluto. Durante todo el tiempo que estuve hablando, Gloria Dump escuchaba, hacía señas de asentimiento con la cabeza, sonreía, fruncía el ceño y decía "hmmm" o "¿de verdad?"

Sentí que escuchaba con todo su corazón, y eso me hizo sentir bien.

—¿Sabes qué? —dijo cuando hube terminado.

—¿Qué?

—Puede ser que tengas más de tu mamá que tu pelo rojo, las pecas y correr mucho.

—¿De verdad? —dije—. ¿Como qué?

—Pues como que quizá tengas los dedos verdes. Que seas una jardinera estupenda, vamos. Podemos plantar algo y verlo crecer. Tienes que poner a prueba tus dedos.

—De acuerdo —respondí.

Lo que la señora Dump eligió para que yo pusiera a prueba mis dedos fue un árbol. O eso me dijo. En mi opinión parecía más una planta. Me hizo cavar un hoyo de buen tamaño, sembré la planta en él y le eché tierra encima, como si fuera un niño al que estuviera arropando.

—¿Qué clase de árbol es? —le pregunté a Gloria.

—Es un árbol espera y verás —contestó ella.

—¿Y eso qué significa?

—Eso significa que tendrás que esperar a que crezca para saber lo que es.

—¿Puedo volver a verlo mañana? —pregunté.

—Niña —respondió ella—, mientras éste sea mi jardín serás siempre bienvenida. Pero ese árbol no va a cambiar demasiado en unas horas.

—Pero también quiero verla a usted —dije.

—Hmmmph —dijo Gloria Dump—. Yo no voy a ninguna parte. Aquí estaré.

Desperté entonces a Winn-Dixie. Tenía mantequilla de cacahuete en los bigotes y se puso a bostezar y a estirarse. Le lamió la mano a Gloria Dump antes de irnos y yo le di las gracias.

Esa noche, cuando el pastor me arropaba, le dije cómo había conseguido el trabajo en los Animales de Compañía de Gertrudis y cómo me había hecho amiga de la señorita Franny Block y cómo Pastelito me había invitado a su fiesta, y le conté también cómo había conocido a Gloria

Dump. Winn-Dixie estaba tendido en el suelo esperando que el pastor se fuera para poder subirse a la cama de un salto como siempre hacía. Cuando terminé de hablar, el pastor me dio un beso, me deseó buenas noches y después se inclinó y besó a Winn-Dixie en la cabeza.

—Venga, no te cortes y sube a la cama —le dijo a Winn-Dixie.

Winn-Dixie miró al pastor sin sonreír, pero abrió su boca mucho como si se estuviera riendo, como si el pastor le hubiera contado el chiste más gracioso del mundo; lo más asombroso de todo es que el pastor se rió también. Winn-Dixie se subió de un salto a la cama y el pastor se levantó y apagó la luz. Yo me incliné y besé también a Winn-Dixie justo en la nariz, pero él no se dio cuenta, porque ya estaba dormido y roncando.

Capítulo Once

Esa noche hubo una tormenta realmente tremenda, pero lo que me despertó no fueron ni los truenos ni los relámpagos, sino Winn-Dixie, que gemía y golpeaba con la cabeza la puerta de mi dormitorio.

—¡Winn-Dixie! —dije—. ¿Qué haces?

No me prestó ninguna atención y siguió golpeando la puerta con la cabeza mientras gemía y se quejaba. Cuando me levanté de la cama, me acerqué y le puse la mano en la cabeza, me di cuenta de que temblaba tan fuerte que me asusté. Me puse de rodillas y le abracé, pero no se volvió hacia mí ni me sonrió, ni estornudó, ni movió el rabo ni hizo ninguna de las cosas normales que solía hacer Winn-Dixie. Se limitó a seguir golpeando la cabeza contra la puerta, a gimotear y a temblar.

—¿Quieres que te abra la puerta? —dije—.
¿Es eso? ¿Es eso lo que quieres?

Me levanté y abrí la puerta: Winn-Dixie salió
por ella como una flecha, como si algo grande,
feo y malvado le estuviera persiguiendo.

—Winn-Dixie —susurré—, vuelve aquí.

No quería que anduviera por ahí despertando
al pastor.

Pero era demasiado tarde: Winn-Dixie ya
estaba en el otro extremo de la caravana, en el
dormitorio del pastor. Lo supe porque oí el
sproinggg que Winn-Dixie hizo cuando saltó a
su cama, y después un ruido del pastor como de
mucha sorpresa. Pero ninguno duró mucho,
porque Winn-Dixie salió del dormitorio del
pastor a toda prisa, jadeando y corriendo como
loco. Intenté agarrarlo, pero iba demasiado
deprisa.

—¿Opal? —dijo el pastor.

Estaba de pie en la puerta de su dormitorio
con todo el pelo revuelto y mirando en torno
suyo como si no supiera dónde se encontraba.

—Opal, ¿qué pasa?

—No sé —respondí. Pero entonces retumbó
un trueno enorme, un trueno tan fuerte que

sacudió la caravana entera. Winn-Dixie salió a toda velocidad de mi habitación y pasó corriendo junto a mí. Yo grité:

—¡Cuidado, papi!

Pero el pastor estaba todavía confuso: se limitó a quedarse de pie mientras Winn-Dixie corría hacia él como una bola en una bolera y el pastor fuera el único bolo en pie y ¡zas¡ los dos rodaron por el suelo.

—Uh, oh —dije.

—¿Opal? —dijo el pastor.

Yacía sobre el estómago con Winn-Dixie, que jadeaba y resoplaba, sentado encima.

—Sí, señor —dije.

—Opal —dijo el pastor de nuevo.

—Sí, señor —dije más alto.

—¿Sabes lo que es el miedo patológico?

—No, señor —dije.

El pastor levantó una mano, se frotó la nariz y después de unos momentos prosiguió:

—Bien, es un miedo que va mucho más allá de los miedos normales. Es un miedo que no se resuelve hablando ni razonando.

Justo en ese momento estalló otro trueno y Winn-Dixie saltó en el aire como si alguien le hubiera pinchado con un hierro al rojo. Cuando volvió al suelo se puso a correr; al pasar por mi lado ni siquiera intenté agarrarlo, sino que me limité a dejar que siguiera su camino.

El pastor seguía tendido en el suelo frotándose la nariz. Finalmente se sentó y dijo:

—Opal, creo que Winn-Dixie sufre miedo patológico a las tormentas.

Acababa justo de decir eso cuando Winn-Dixie apareció corriendo de nuevo a toda velocidad como si intentara salvar su vida. Ayudé al pastor a que se levantara del suelo y le aparté de su camino justo a tiempo.

Aparentemente no había nada que pudiéramos hacer para que Winn-Dixie se sintiera mejor, así que nos sentamos allí mismo y contemplamos cómo corría de un lado a otro, aterrorizado y jadeante. Cada vez que retumbaba un trueno Winn-Dixie se comportaba como si hubiera llegado el fin del mundo.

—La tormenta no durará mucho —dijo el pastor —. Cuando termine, el auténtico Winn-Dixie volverá.

Y así fue. Al rato la tormenta terminó, dejó de llover, se interrumpieron los relámpagos y finalmente oímos, a lo lejos, el último trueno. Winn-Dixie dejó de correr, se acercó hasta donde estábamos sentados y mirándonos inclinó la cabeza como si dijera "¿qué demonios estáis haciendo los dos fuera de la cama en mitad de la noche?". Se subió al sofá con los dos de ese modo tan extraño de subir que tiene, como si se deslizara y mirando para otra parte, como si todo ocurriera por accidente, como si en realidad no quisiera subirse al sofá. Pero ahí estaba.

Así que los tres nos quedamos allí sentados. Acaricié la cabeza de Winn-Dixie y le rasqué detrás de las orejas del modo que a él le gusta. El pastor dijo entonces:

—Hay pero que muchísimas tormentas de truenos en Florida en verano.

—Sí, señor —dije. Temí por un momento que fuera a decir que no podíamos tener un perro que enloqueciera de miedo patológico cada vez que oyera retumbar un trueno.

—Tendremos que mantenerle vigilado —dijo el pastor. Puso los brazos alrededor de Winn-Dixie —. Tendremos que asegurarnos de que no salga durante una tormenta: podría perderse. Hemos de cerciorarnos de que se siente seguro.

—Sí, señor —dije de nuevo. De repente me costó hablar. Quería tantísimo al pastor. Le quería porque él quería a Winn-Dixie. Le quería porque le iba a perdonar a Winn-Dixie que tuviera miedo, pero sobre todo le quería por abrazar a Winn-Dixie como lo hacía en ese momento, como si ya estuviera procurando que se sintiera seguro.

Capítulo Doce

❖— Winn-Dixie y yo llegamos a Animales de Compañía de Gertrudis tan pronto en mi primer día de trabajo que el cartel CERRADO colgaba aún de la puerta. Pero cuando la empujé se abrió, así que entramos. Estaba a punto de dar una voz para que Otis supiera que habíamos llegado cuando oí música, la música más bonita que había oído en toda mi vida. Miré en torno mío para ver de dónde venía y fue entonces cuando me di cuenta de que todos los animales estaban fuera de sus jaulas. Había conejos, hámsters, ratones, pájaros, lagartos y serpientes, y estaban todos allí sentados en el suelo como si se hubieran vuelto de piedra con Otis de pie, en el centro. Otis tocaba una guitarra, calzaba puntiagudas botas vaqueras de piel y seguía el ritmo con ellas. Tenía los ojos cerrados y sonreía.

La cara de Winn-Dixie adquirió una expresión así como soñadora. Sonrió muchísimo a Otis, estornudó, suspiró y se dejó caer al suelo con los otros animales. Justo en ese momento Gertrudis se percató de la presencia de Winn-Dixie. "Perro" dijo con su voz rasposa y se acercó volando para posarse en su cabeza: Otis levantó la mirada hacia a mí. Dejó de tocar la guitarra y el encanto se rompió. Los conejos empezaron a dar saltos de un sitio a otro, los pájaros se pusieron a volar, los lagartos a corretear y las serpientes a arrastrarse, mientras que Winn-Dixie ladraba y perseguía todo lo que se movía y Otis gritaba:

—¡Ayudadme! ¡Ayudadme, por favor!

Durante lo que pareció un tiempo muy largo Otis y yo corrimos de un sitio para otro intentando atrapar ratones, hámsters, serpientes y lagartos, dándonos el uno contra el otro y tropezándonos con los animales mientras Gertrudis gritaba sin cesar:

—¡Perro! ¡Perro!

Cada vez que agarraba algo lo metía en la jaula que tenía más a mano: no me importaba que fuera la jaula correspondiente o no. Me limitaba a meterlo en ella y cerraba la puerta de golpe. Y durante todo el tiempo que estuve cazando cosas pensaba que Otis debía ser alguna especie de encantador de serpientes, teniendo en cuenta cómo podía tocar la guitarra y hacer que los animales se convirtieran en estatuas. Y entonces pensé "pero qué tontería estamos haciendo" y grité por encima de los ladridos de Winn-Dixie y de los chillidos de Gertrudis:

—¡Toca un poco más, Otis!

Otis me miró durante unos instantes, tomó su guitarra, se puso a tocar y a los pocos segundos todo volvía a estar tranquilo. Winn-Dixie estaba tumbado otra vez en el suelo parpadeando y sonriendo para sí mismo y estornudando de vez en cuando y los ratones y los conejos y los lagartos y las serpientes que no habíamos atrapado aún se quedaron tranquilos e inmóviles y yo los fui agarrando uno por uno y devolviéndolos a sus jaulas.

Cuando terminé Otis dejó de tocar, se puso a contemplar sus botas y dijo:

—Me limitaba a tocar un poco de música para ellos, les gusta.

—Sí, señor —dije—. ¿Se habían escapado de las jaulas?

—No —respondió Otis—. Los saco yo. Me da pena que estén encerrados todo el rato. Sé lo que se siente cuando estás encerrado.

—¿Lo sabe? —dije.

—He estado en la cárcel —respondió Otis. Levantó la vista hasta mí con mucha rapidez y volvió a contemplar sus botas.

—¿De verdad? —dije yo.

—Vamos a dejarlo —dijo Otis—. ¿No estás aquí para barrer el suelo?

—Sí, señor —respondí. Otis fue hasta el mostrador, se puso a revolver en una pila de cosas y finalmente me tendió algo.

—Venga —dijo—. Tienes que empezar a barrer.

Lo que pasa es que debía de sentirse confundido porque lo que me tendía en vez de la escoba era su guitarra.

—¿Con su guitarra? —pregunté.

Se sonrojó, me tendió la escoba y empecé a trabajar. Yo era una buena barredora. Barrí toda la tienda y luego le quité el polvo a los estantes. Durante todo el tiempo que estuve trabajando, Winn-Dixie me siguió, y Gertrudis le siguió volando muy cerca y posándose sobre su cabeza y sobre su lomo mientras decía roncamente "¡perro!", "¡perro!".

Otis me dio las gracias cuando terminé. Salí de Animales de Compañía de Gertrudis pensando que al pastor probablemente no le iba a gustar mucho que estuviera trabajando para un delincuente.

Pastelito Thomas, que me esperaba justo enfrente de la tienda, dijo:

—Lo he visto todo.

Se quedó allí chupándose el dedo y mirándome fijamente.

—¿Que has visto qué? —contesté yo.

—He visto a todos esos animales fuera de las jaulas y quietos como estatuas. ¿Es mago ese señor? —preguntó ella.

—Más o menos —respondí yo. Pastelito le dio un achuchón a Winn-Dixie sosteniéndolo por el cuello y dijo:

—Como este chucho del supermercado, ¿no?

—Pues sí —contesté yo. Nos pusimos a andar; Pastelito se sacó el dedo de la boca y se agarró de mi mano.

—¿Vas a venir a mi fiesta de cumpleaños? —preguntó.

—Pues claro que sí —contesté.

—El tema es rosa —dijo ella.

—Ya lo sé —respondí yo.

—Me tengo que ir —dijo de repente—. Tengo que irme a casa y contarle a mamá lo que he visto. Vivo aquí mismo, en esa casa amarilla. Mi mamá está en el porche. ¿La ves? Te está saludando con la mano.

Devolví el saludo a la mujer del porche y me quedé mirando a Pastelito que iba corriendo a toda velocidad para contarle a su madre que Otis era un mago. Me hizo pensar en mi mamá y en cómo me hubiera gustado contarle la historia de cómo Otis encantaba a los animales. Estaba coleccionando historias para ella. Le contaría también lo de la señorita Franny y lo del oso y cómo me había encontrado a Gloria Dump y cómo había creído durante un rato que era una bruja. Me daba la impresión de que éste era el tipo de historias que le gustaban a mamá,

la clase de historias que la hacían reír a carcaja-
das, la forma de reír que el pastor me había
contado que tenía.

Capítulo Trece

❖— Winn-Dixie y yo convertimos en una costumbre diaria salir muy temprano por la mañana de la caravana y llegar a los Animales de Compañía de Gertrudis con tiempo suficiente para oír cómo Otis tocaba la guitarra a los animales. A veces Pastelito se sumaba al concierto: se sentaba en el suelo, rodeaba con sus brazos a Winn-Dixie y lo mecía de un lado a otro como si fuera un viejo oso de peluche. Y cuando la música terminaba, iba de un lado para otro intentando elegir el animal que más le gustaba, pero al final lo dejaba y se iba a casa, porque lo único que de verdad quería era un perro como Winn-Dixie. Cuando Pastelito se iba, yo barría, quitaba el polvo e incluso ordenaba los estantes de Otis, porque él no tenía gusto para arreglar las cosas como yo. Y cuando terminaba con esto, Otis apuntaba el tiempo que había trabajado en un cuaderno en cuya tapa había escrito "un collar rojo de cuero, una correa roja de cuero". Y desde luego no me parecía que actuara como un delincuente.

Después de trabajar en Animales de Compañía de Gertrudis, Winn-Dixie y yo nos acercábamos a la Biblioteca Conmemorativa Herman W. Block, charlábamos un rato con la señorita Franny Block y la escuchábamos contarnos alguna historia. Pero mi lugar favorito ese verano era el patio de Gloria Dump, y me figuro que era también el lugar favorito de Winn-Dixie, porque cuando llegábamos a la manzana anterior a su casa, Winn-Dixie se despegaba de mi bicicleta y comenzaba a correr a toda velocidad, dirigiéndose directamente hacia el patio de Gloria Dump y a por su cucharada de mantequilla de cacahuete. A veces me seguían Dunlap y Stevie Dewberry. Solían gritar:

—¡Ahí va la hija del pastor, a hacerle una visita a la bruja!

Yo les contestaba que Gloria no era una bruja y me ponía furiosísima que no me escucharan y creyeran lo que querían creer sobre Gloria Dump. Una vez Stevie me dijo:

—Mi mamá dice que no deberías pasar todo el tiempo metida en la tienda de animales y en la biblioteca sentada allí hablando con viejas. Dice que deberías tomar el aire y jugar con niños de tu edad. Eso dice mi mamá.

—¡Oh, déjala! —le dijo Dunlap a Stevie. Entonces se volvió hacia mí y añadió:

—No hagas caso, lo decía de broma.

Pero yo ya me había puesto furiosa y empecé a gritarle a Stevie. Le dije:

—¡Me da igual lo que diga tu mamá, no es MI mamá, así que no es quién para decirme lo que tengo que hacer!

—Voy a decirle a mi mamá lo que has dicho —gritó Stevie—, y ella se lo dirá a tu papá y tu papá te avergonzará delante de toda la iglesia. Y ese tipo de la tienda de animales es retrasado mental y estuvo en la cárcel y me pregunto si tu papá lo sabe.

—Otis no es ningún retrasado mental —dije yo —. Y mi papá sabe que estuvo en la cárcel.

Eso era mentira, pero me daba igual y añadí:

—Y ahora puedes largarte y chivarte a quién te dé la gana, bebé grande.

Juro que cada día me cansaba más gritándoles a Dunlap y Stevie Dewberry. Cuando llegaba al patio de Gloria me sentía como un soldado que hubiera estado luchando, pero Gloria me hacía inmediatamente un sandwich de mantequilla de cacahuete acompañado de una taza de cacao con leche que me devolvían las fuerzas.

—¿Por qué no juegas con esos chavales? —me preguntó Gloria.

—Porque son unos ignorantes —le dije—. Todavía creen que eres una bruja; les da igual las veces que les repita que no es así.

—En mi opinión, están intentando hacerse amigos tuyos dando un rodeo —dijo Gloria.

—No los quiero de amigos —respondí yo.

—Puede ser divertido tener dos amigos chicos.

—Prefiero mil veces hablar con usted —dije—. Son estúpidos, impertinentes y son chicos.

Gloria sacudió la cabeza y suspiró y me preguntó que qué pasaba en el mundo y que si tenía alguna historia que contarle. Y yo siempre la tenía.

Capítulo Catorce

❖— A veces le contaba a Gloria la historia que
la señorita Franny Block me había contado a mí,
o imitaba a Otis dando golpes con sus botas
puntiagudas y tocando para los animales, lo que
siempre la hacía reír. A veces le contaba una
historia y Gloria Dump la escuchaba enterita, de
principio a fin. Me dijo en una ocasión que le
encantaba leer historias, pero que ya no podía
hacerlo porque tenía muy mal la vista.

—¿Y no podría ponerse unas gafas potentes?
—le pregunté.

—Niña —me dijo—, no hacen gafas lo
suficientemente potentes para estos ojos.

Un día, cuando habíamos acabado las
historias, decidí contarle a Gloria que Otis era
un delincuente. Yo pensaba que sería bueno

decírselo a un adulto, y Gloria era el mejor adulto que yo conocía.

—¿Gloria? —dije.

—Mmmm, hmmm —contestó ella.

—¿Conoces a Otis?

—No, no lo conozco. Pero sé lo que me vas a decir de él.

—Bien, es un delincuente. Ha estado en la cárcel. ¿Tú crees que tendría que tenerle miedo?

—¿Por qué?

—No lo sé. Por hacer cosas malas, supongo. Por estar en la cárcel.

—Niña —dijo Gloria—. Déjame enseñarte algo.

Se levantó muy despacito de su silla, me tomó del brazo y añadió:

—Vamos juntas hasta la parte trasera del patio.

—De acuerdo —contesté yo.

Fuimos hasta donde Gloria decía, con Winn-Dixie siguiéndonos de cerca. Era un patio muy grande y yo nunca había estado allí. Cuando llegamos a un árbol enorme y muy viejo nos detuvimos.

—Mira este árbol —dijo Gloria.

Yo miré hacia arriba: había botellas que colgaban casi de cada una de las ramas: botellas de whisky, botellas de cerveza y botellas de vino atadas con cuerdas; algunas, movidas por el viento, chocaban con otras haciendo un ruido desasosegante. Winn-Dixie y yo nos quedamos allí mirando el árbol; el pelo de la cabeza del perro se erizó un poco y de su garganta empezó a salir un profundo gruñido.

Gloria Dump señaló el árbol con su bastón.

—¿Qué piensas de este árbol?

Yo dije:

—No lo sé. ¿Por qué cuelgan de él todas esas botellas?

—Para mantener lejos a los fantasmas —contestó Gloria.

—¿Qué fantasmas?

—Los fantasmas de todas las cosas malas que he hecho.

Levanté de nuevo la vista hacia las botellas que colgaban del árbol y contesté:

—¿Tantas cosas malas ha hecho usted? —le pregunté.

—Mmm, hmmm —dijo Gloria—. Más que esas.

—Pero usted es la mejor persona que conozco —le dije.

—Eso no significa que no haya hecho cosas malas —dijo ella.

—Hay botellas de whisky —dije entonces— y de cerveza.

—Niña —dijo Gloria Dump—, ya lo sé. Yo soy quien las puso allí. Yo soy la que se bebió lo que contenían.

—Mi mamá bebía —susurré.

—Ya lo sé —contestó Gloria Dump.

—El pastor dice que a veces no podía dejar de beber.

—Mmmm, hmmm —dijo Gloria de nuevo—. Para algunos es así. Empezamos y no podemos parar.

—¿Fue usted una de esos?

—Sí, señorita. Lo fui. Pero hace tiempo que no bebo nada más fuerte que café.

—¿Fueron el whisky y la cerveza y el vino… fueron ellos los que le hicieron hacer las cosas malas que son ahora fantasmas?

—Algunas de ellas —contestó Gloria Dump —. Algunas las hubiera hecho de cualquier forma, con alcohol o sin alcohol, antes de aprender.

—¿De aprender qué?

—Aprender qué es lo más importante.

—¿Y qué es lo más importante? —pregunté.

—Es distinto para cada uno —dijo ella—. Lo averiguarás por ti misma. Pero entretanto tienes que recordar que no siempre se puede juzgar a las personas por lo que han hecho: tienes que juzgarlas por lo que hacen ahora. Tú juzgas a Otis por la bonita música que toca y por lo amable que es con los animales porque es todo lo que sabes de él, ¿no?

—Sí, señora —contesté yo.

—Y a los chicos Dewberry, trata de no juzgarlos con demasiada dureza ¿de acuerdo?

—De acuerdo —dije.

—Muy bien —contestó Gloria Dump volviéndose mientras se alejaba. Winn-Dixie frotó contra mí su húmedo hocico y meneó el rabo; cuando vio que no me movía se fue trotando detrás de Gloria. Yo me quedé un rato más y estudié el árbol. Me preguntaba si mi mamá, estuviera donde estuviera, tenía un árbol lleno de botellas. Y me pregunté también si yo era un fantasma para ella, del mismo modo que a veces ella era un fantasma para mí.

Capítulo Quince

❖— El sistema de aire acondicionado de la
Biblioteca Conmemorativa Herman W. Block no
funcionaba muy bien y sólo había un ventilador;
y desde el momento en que Winn-Dixie y yo
entramos en la biblioteca el perro se lo apropió.
Se echó enfrente de él y levantó el rabo dejando
que el aire le moviera todo el pelo. Algunas partes del pelo de Winn-Dixie estaban muy sueltas y
volaban como si fueran vilanos. Me preocupaba
que el ventilador lo dejara calvo; pero a la
señorita Franny no le preocupaban ninguna de
las dos cosas: Winn-Dixie podía acaparar el
ventilador si quería y jamás en su vida había
visto que un ventilador dejara calvo a un perro.

En ocasiones, cuando la señorita Franny me
estaba contando una historia, le daba un ataque.

Eran ataques pequeños y no duraban mucho: lo que sucedía era que se olvidaba de lo que estaba diciendo. Se paraba y empezaba a temblar como una hojita. Cuando eso sucedía, Winn-Dixie se levantaba de su sitio frente al ventilador y se sentaba exactamente al lado de la señorita Franny Block. Se sentaba muy erguido, protegiéndola, con sus orejas bien tiesas sobre la cabeza, como soldados montando guardia. Y cuando la señorita Franny dejaba de temblar y volvía en sí, Winn-Dixie le lamía la mano y volvía a tumbarse frente al ventilador.

Siempre que la señorita Franny tenía uno de sus ataques, me recordaba a Winn-Dixie cuando había tormenta; hubo muchas tormentas aquel verano y yo me hice toda una experta en abrazar a Winn-Dixie cuando estallaba una. Lo sujetaba y lo consolaba, y le susurraba, y lo mecía, exactamente del mismo modo que él intentaba consolar a la señorita Franny cuando sufría uno de sus ataques. La única diferencia era que yo sujetaba a Winn-Dixie también por otra razón: lo sujetaba bien fuerte para impedir que huyera.

Todo esto me hizo pensar en Gloria Dump. Me pregunté quién la consolaba cuando oía el tintineo de las botellas, esos fantasmas que hablaban de las cosas malas que había hecho. Yo quería confortar a Gloria Dump, y decidí que el mejor modo de hacerlo era leerle un libro, leer lo suficientemente alto para mantener alejados a los fantasmas.

Así que le pregunté a la señorita Franny. Le dije:

—Señorita Franny, tengo una amiga mayor que tiene un problema muy serio con la vista, y me gustaría leerle un libro en voz alta. ¿Tiene alguna sugerencia?

—¿Sugerencias? —dijo la señorita Franny—. Sí, señora, claro que tengo sugerencias. Naturalmente que tengo sugerencias. ¿Qué te parecería *Lo que el viento se llevó*?

—¿De qué trata? —le pregunté.

—¡Pues vaya! —contestó la señorita Franny—. ¡Es una historia magnífica sobre la Guerra Civil!

—¿La Guerra Civil? —contesté yo.

—¡No me digas que no sabes nada de La Guerra Civil! —contestó la señorita Franny Block con aspecto como de ir a desmayarse. Agitó las manos delante de su rostro.

—Claro que sé cosas de La Guerra Civil —respondí—. La guerra que hubo entre el norte y el sur por la esclavitud.

—La esclavitud, sí —respondió la señorita Franny—. Fue también causada por los derechos de los estados y por el dinero. Fue una guerra terrible; mi bisabuelo luchó en ella cuando no era más que un muchacho.

—¿Su bisabuelo?

—Sí, señorita, Littmus W. Block. Toda una historia.

Winn-Dixie bostezó abriendo muchísimo la boca y se tumbó junto a ella con un suspiro. Estoy convencida de que entendía la frase "Toda una historia". Y sabía también que si me la contaba no nos íbamos a ir en un buen rato.

—Adelante, señorita Franny, cuéntemela —dije yo. Y me senté con las piernas cruzadas cerca de Winn-Dixie.

Le empujé para intentar que el aire del ventilador me llegara un poco, pero él fingió que dormía y no se movió.

Estaba dispuesta y preparada para oír una buena historia cuando la puerta pegó un golpazo y entró Amanda Wilkinson, la del ceño fruncido. Winn-Dixie se sentó, la miró e intentó sonreírle, pero ella no le devolvió la sonrisa, así que se tumbó otra vez.

—Quiero otro libro —dijo Amanda dando un golpe con el que traía en la mesa de la señorita Franny.

—Bien —dijo la señorita Franny—, quizá no te importe esperar. Le estoy contando a India Opal una historia sobre mi bisabuelo. Desde luego, si quieres quedarte a escucharla serás bienvenida. Será sólo un ratito.

Amanda exhaló un enorme y dramático suspiro e hizo que no me veía fingiendo que no le interesaba, pero yo me daba cuenta de que sí.

—Ven a sentarte aquí —dijo la señorita Franny.

—Me quedaré de pie, gracias —respondió Amanda.

—Como más te guste —respondió la señorita Franny encogiéndose de hombros—. ¿Dónde estaba yo? Oh, sí. Littmus. Littmus W. Block.

Capítulo Dieciséis

❖— Littmus W. Block era sólo un chico cuando el tiroteo de Fort Sumter— dijo la señorita Franny Block como comienzo de su historia.

—¿Fort Sumter? —dije yo.

—Fue el tiroteo de Fort Sumter lo que empezó la guerra —dijo Amanda.

—Pues vale —dije yo encogiéndome de hombros.

—Bien, Littmus tenía 14 años. Era alto y fuerte, pero sólo un muchacho. Su papá, Artley W. Block, ya se había alistado y Littmus le dijo a su mamá que no podía permanecer impasible mientras agredían al sur, así que se fue también a la guerra.

La señorita Franny echó un vistazo a la biblioteca y entonces susurró:

—Los hombres y los chicos siempre quieren luchar: siempre están buscando una excusa para ir a la guerra. Es lo más triste del mundo, pero tienen esa noción idiota de que las guerras son divertidas. Y ninguna lección de historia los va a convencer de lo contrario. En cualquier caso, Littmus fue y se alistó. Mintió cuando le preguntaron la edad.

—Sí, señorita —siguió—. Como ya he dicho era un chico muy grande. El ejército le alistó y Littmus se fue a la guerra, sin más. Dejaba atrás a su madre y a sus tres hermanas: quería ser un héroe. Pero pronto averiguó la verdad —la señorita Franny concluyó cerrando los ojos y moviendo la cabeza.

—¿Qué verdad? —le pregunté.

—Vaya, que la guerra es el infierno —dijo la señorita Franny con los ojos todavía cerrados—. Sencillamente el infierno.

—Infierno es una palabra grosera —dijo Amanda. Le eché un vistazo: su ceño parecía más contraído incluso que de costumbre.

—Guerra —dijo la señorita Franny con los ojos aún cerrados—, debería ser también una palabrota.

Meneó la cabeza y abrió los ojos. Me señaló y después señaló a Amanda y dijo:

—Ninguna de las dos os lo podéis imaginar.

—¡No, señora! —dijimos Amanda y yo exactamente en el mismo momento. Nos miramos rápidamente la una a la otra y luego volvimos la vista hacia la señorita Franny, que continuó:

—No os lo podéis imaginar. Littmus tenía hambre todo el tiempo y estaba cubierto con toda clase de parásitos: moscas, piojos… y, en invierno, tenía tanto frío que estaba seguro de que iba a morir helado. ¡Y el verano! No hay nada peor que la guerra en verano: se apesta tanto. Lo único que hacía a Littmus olvidarse de que estaba hambriento y de que le picaba todo el cuerpo y de que tenía frío o tenía calor era que le disparaban. Le disparaban mucho. Y no era nada más que un niño.

—¿Le mataron? —le pregunté a la señorita Franny.

—¡Por Dios! —dijo Amanda levantado los ojos al cielo.

—Venga, Opal —dijo la señorita Franny—, no estaría en este cuarto contando esta historia si le hubieran matado. No existiría; no, señoritas. Sobrevivió a la guerra. Pero era otra persona. Sí, señoritas. Otra persona. Volvió a casa cuando la guerra terminó, caminando desde Virginia hasta Georgia. No tenía caballo. Nadie tenía caballos excepto los yanquis. Anduvo todo el rato. Y cuando llegó a casa, su casa había desaparecido.

—¿Que pasó? —pregunté. No me importaba si Amanda pensaba que era una estúpida: quería saberlo.

—¡Vaya! —gritó la señorita Franny tan fuerte que Winn-Dixie, Amanda Wilkinson y yo dimos un salto—, ¡los yanquis la quemaron! Sí, señorita, la quemaron hasta los cimientos.

—¿Qué pasó con sus hermanas? —preguntó Amanda, dando la vuelta a la mesa de la señorita Franny y sentándose en el suelo. Levantó la vista hacia la señorita Franny y preguntó:

—¿Qué les sucedió?

—Murieron. Muertas de fiebres tifoideas.

—Oh, no —dijo Amanda con voz muy bajita.

—¿Y su mamá? —susurré yo.

—Murió, también.

—¿Y su padre? —preguntó Amanda—. ¿Qué le pasó a él?

—Murió en el campo de batalla.

—¿Se quedó huérfano Littmus? —pregunté yo.

—Sí, señorita —dijo la señorita Franny Block—. Littmus se quedó huérfano.

—Es una historia triste —le dije a la señorita Franny.

—Vaya si lo es —dijo Amanda. Me quedé asombrada de que estuviera de acuerdo conmigo en algo.

—No he terminado todavía —dijo la señorita Franny.

Winn-Dixie empezó a roncar y le di un empujón con el pie para que no lo hiciera. Quería oír el resto de la historia. Me parecía importante saber cómo había sobrevivido Littmus después de perder todo lo que amaba.

Capítulo Diecisiete

❖— Bien, Littmus volvió a casa después de la guerra —dijo la señorita Franny siguiendo con su historia—, y se encontró solo. Se sentó en lo que solía ser el porche delantero de su casa y lloró y lloró. Lloró como un niño, echaba de menos a su mamá y echaba de menos a su papá y a sus hermanas y echaba de menos el chico que había sido. Cuando terminó de llorar tuvo una sensación rarísima. De repente le apeteció algo dulce. Quería un caramelo. No había tomado un caramelo en años y fue justo en ese momento cuando tomó una decisión: sí, señor. Littmus W. Block pensó que el mundo era un lugar triste y que ya había bastantes cosas feas en él y que iba a dedicarse a ofrecerle algo de dulzura. Se levantó y se puso a andar. Anduvo hasta Florida. Y mientras andaba iba pensando y planificando.

—¿Planificando qué? —pregunté yo.

—Mujer, planificando la fábrica de caramelos.

—¿La construyó? —pregunté.

—Claro que lo hizo. Todavía está en pie en Fairville Road.

—¿Ese viejo edificio? —dijo Amanda—. ¿Ese edificio grandote y lúgubre?

—No es lúgubre —respondió la señorita Franny—. Fue el lugar de nacimiento de la fortuna familiar. Fue allí donde mi bisabuelo empezó a fabricar las Pastillas Littmus, un caramelo que llegó a ser mundialmente famoso.

—No me suena —dijo Amanda.

—Ni a mí tampoco —añadí yo.

—Bien —dijo la señorita Franny—, ya no se hacen. Da la impresión que el mundo ya no tiene ganas de tomar Pastillas Littmus. Pero yo todavía guardo unas cuantas.

Diciendo esto, abrió el cajón superior de su mesa: estaba lleno de caramelos. Abrió el cajón que quedaba por abajo. También estaba lleno de caramelos. La mesa de la señorita Franny Block estaba llena de caramelos.

—¿Os apetecería probar una Pastilla Littmus? —nos preguntó a Amanda y a mí.

—Sí, por favor —contestó Amanda.

—Claro —dije yo—. ¿Podría tomar Winn-Dixie una también?

—Nunca he sabido de un perro al que le gustaran los caramelos duros —respondió la señorita Franny—, pero claro que puede tomar uno.

La señorita Franny le dio a Amanda una Pastilla Littmus y a mí dos. Desenvolví una y se la tendí a Winn-Dixie, que se sentó, la olfateó, movió el rabo, y cogió el caramelo de entre mis dedos con mucho cuidado. Intentó masticarlo y, como no pudo, se limitó a tragárselo de una sola vez. Luego volvió a mover el rabo, me miró y se tumbó en el suelo.

Yo chupé despacio mi Pastilla Littmus: tenía muy buen sabor. Sabía a zarzaparrilla y, a fresa y a algo que yo no conocía, algo que me hizo sentir así como triste. Miré a Amanda: chupaba su caramelo y pensaba intensamente.

—¿Te gusta? —me preguntó la señorita Franny.

—Sí, señora —le dije.

—¿Y a ti, Amanda? —¿Te gustan las Pastillas Littmus?

—Sí, señora —dijo Amanda—. Pero me hace pensar en cosas que me ponen triste.

Me pregunté de qué demonios podía sentirse triste Amanda Wilkinson. No era nueva en el pueblo. Tenía una mamá y un papá. La había visto con ellos en la iglesia.

—Llevan un ingrediente secreto —dijo la señorita Franny.

—Ya lo sé —respondí—. Noto su sabor. ¿Qué es?

—Tristeza —respondió la señorita Franny—. No todo el mundo es capaz de saborearlo. A los niños, especialmente, les resulta difícil detectarlo.

—Puedo saborearlo —dije.

—Yo también —añadió Amanda.

—Bien, pues —respondió la señorita Franny—, probablemente ambas habéis recibido vuestra dosis de tristeza.

—Tuve que mudarme de Watley y dejar allí a todos mis amigos —dije yo—, eso es algo que me puso muy triste. Y Dunlap y Stevie Dewberry siempre se están metiendo conmigo; esa es otra tristeza. Y la más grande de todas es que mi mamá me dejó cuando era pequeña. Y casi no me acuerdo de ella: sin embargo sigo esperando que vuelva para contarle unas cuantas historias.

—A mí me recuerda a Carson, señorita —dijo Amanda. Parecía, por el sonido de su voz, que fuera a echarse a llorar. Añadió:

—Tengo que irme.

Se levantó y salió casi corriendo de la Biblioteca Conmemorativa Herman W. Block.

—¿Quién es Carson? —le pregunté a la señorita Franny.

La señorita Franny meneó la cabeza y respondió:

—Tristeza. Éste es un mundo lleno de tristeza.

—¿Pero cómo se le pone eso a un caramelo —le pregunté—. ¿Cómo se mete ese sabor en un caramelo?

—Ese es el secreto —contestó—. Por esa razón Littmus hizo una fortuna. Fabricaba unos caramelos que eran dulces y tristes al mismo tiempo.

—¿Puedo llevarle uno a mi amiga Gloria Dump? ¿Y otro a Otis el de los Animales de Compañía Gertrudis? ¿Y uno para el pastor? ¿Y otro para Pastelito?

—Puedes llevarte los que quieras —respondió la señorita Franny, y me llenó los bolsillos de Pastillas Littmus. Le di las gracias a la señorita Franny por su historia, rellené la ficha de Lo que el viento se llevó, que era un libro muy gordo, le dije a Winn-Dixie que se levantara y nos fuimos a ver a Gloria Dump. Cuando pasé con mi bici por la casa de los Dewberry, Dunlap y Stevie jugaban al rugby en el patio delantero; me preparé para sacarles la lengua. De repente me acordé de lo que me había dicho la señorita Franny sobre la guerra, que era el infierno, y pensé en lo que me había dicho Gloria Dump sobre no juzgarlos con demasiada dureza, así que me limité a saludarles con la mano. Se quedaron quietos mirándome: pero cuando casi había dejado atrás su casa vi que Dunlap levantaba la mano y me devolvía el saludo.

—¡Hey! —gritó—. ¡Hola, Opal!

Repetí el saludo todavía con más ganas mientras pensaba en Amanda Wilkinson y lo estupendo que era que le gustara tanto una buena historia como a mí. Me pregunté de nuevo quién era Carson.

Capítulo Dieciocho

❖— Cuando llegamos a casa de Gloria Dump, le dije que tenía dos sorpresas para ella y le pregunté cuál quería primero, si la pequeña o la grande.

—La pequeña —contestó Gloria.

Le tendí la Pastilla Littmus; la tomó y la estuvo moviendo entre las manos, tocándola.

—¿Un caramelo? —pregunto Gloria.

—Sí, señora —le dije—. Se llama Pastilla Littmus.

—¡Dios mío, sí! Ya recuerdo esos caramelos. Mi papá solía comerlos. Desenvolvió la Pastilla Littmus se la puso en la boca e hizo un gesto con la cabeza.

—¿Le gusta? —le pregunté.

—Mmmmm —hmmm —asintió lentamente con la cabeza—. Sabe dulce. Pero sabe también como a gente que se marcha.

—¿Quiere decir triste? —pregunté—. ¿Le sabe a usted como triste?

—Pues sí —dijo—. Sabe tristón pero dulce. Vaya, ¿cuál es la segunda sorpresa?

—Un libro —dije yo.

—¿Un libro? Uh —huh —respondió Gloria.

—Voy a leérselo en voz alta. Se titula Lo que el viento se llevó. La señorita Franny dice que es un buen libro. Trata de la Guerra Civil. ¿Lo sabe usted todo de la Guerra Civil?

—La he oído mencionar una o dos veces —contestó Gloria meneando la cabeza y chupando su Pastilla Littmus.

—Nos va a llevar mucho tiempo leer este libro —le dije—. Tiene mil treinta y siete páginas.

—¡Guaaá! —respondió Gloria. Se echó hacia atrás en su silla, cruzó las manos sobre el vientre y añadió:

—Lo mejor que podemos hacer es empezar cuanto antes.

De este modo le leí el primer capítulo de *Lo que el viento se llevó* en voz alta a Gloria Dump.

Leí lo suficientemente fuerte como para mantener a raya a sus fantasmas y Gloria escuchó con mucha atención. Cuando terminé dijo que era la mejor sorpresa que le habían dado nunca y que estaba impaciente por oír el segundo capítulo.

Unas horas después le di la Pastilla Littmus al pastor, justo antes de que me diera el beso de buenas noches.

—¿Qué es esto? —dijo.

—Es un caramelo que inventó el bisabuelo de la señorita Franny; se llama Pastilla Littmus.

El pastor lo desenvolvió y se lo puso en la boca, y unos minutos después empezó a frotarse la nariz y hacer gestos con la cabeza.

—¿Te gusta? —le pregunté.

—Tiene un sabor peculiar...

—¿Zarzaparrilla? —dije yo.

—Algo más.

—¿Fresa?

—Eso también. Pero hay algo más. Es extraño.

Podía ver que el pastor se alejaba más y más. Estaba metiendo la cabeza entre los hombros y bajando la barbilla y preparándose para esconderse en su caparazón.

—Sabe casi un poco a melancolía —dijo.

—¿Melancolía? ¿Qué es eso?

—Tristeza —contestó el pastor—. Se frotó la nariz una vez más y añadió:

—Me hace pensar en tu madre.

Winn-Dixie olfateó el envoltorio del caramelo que el pastor tenía en la mano.

—Sabe triste —dijo y suspiró—. Debe ser una remesa estropeada.

—No —contesté y me senté en la cama—. Ese es el modo en el que se supone que debe saber. Littmus volvió de la guerra y toda su familia había muerto: su papá luchando, su mamá y sus hermanas de una enfermedad. Los yanquis quemaron su casa. Y Littmus estaba triste, muy triste, y lo que quería más que nada en el mundo era algo dulce, así que construyó una fábrica de caramelos y se dedicó a hacer Pastillas Littmus, y puso toda la tristeza que sentía en ellos.

—Dios mío —dijo el pastor.

Winn-Dixie olfateó de nuevo el envoltorio que pendía de la mano del pastor y empezó a masticarlo.

—Dame eso —le dije a Winn-Dixie, pero no me hizo caso. Tuve que abrirle la boca, meterle los dedos y sacarlo.

—No puedes comer envoltorios de caramelos —le dije.

El pastor se aclaró la garganta. Pensé que iba a decir algo importante, quizá otra cosa que recordaba de mi mamá, pero todo lo que dijo fue:

—Opal, estuve hablando con la señora Dewberry el otro día. Dijo que Stevie dice que le llamas bebé calvo.

—Es verdad. Lo hago. Pero él le llama bruja a Gloria Dump todo el tiempo, y retrasado mental a Otis. Y una vez dijo incluso que su mamá había dicho que yo no debería pasar todo el tiempo con ancianas. Eso es lo que dijo.

—Creo que deberías pedirle disculpas —dijo el pastor.

—¿Yo? —dije.

—Sí —contestó el pastor—. Tú. Vas a decirle a Stevie que lo sientes si le has dicho algo que le hiriera. Estoy seguro de que lo que quiere es ser amigo tuyo.

—No lo creo —respondí—. No creo que quiera ser mi amigo.

—Hay gente que tiene una extraña forma de hacer amigos. Le vas a pedir disculpas.

—Sí, señor —dije. Entonces recordé a Carson.

—Papá —dije—, ¿sabes algo de Amanda Wilkinson?

—¿Qué si se algo de qué?

—¿Sabes algo de ella y de alguien llamado Carson?

—Carson era su hermano pequeño. Se ahogó el año pasado.

—¿Murió?

—Sí —dijo el pastor—. Su familia sufre aún muchísimo.

—¿Cuántos años tenía?

—Cinco —respondió el pastor—. Sólo tenía cinco años.

—Papá —dije yo—, ¿cómo no me habías dicho nada?

—Las tragedias de los demás no deben ser tema de conversaciones frívolas. No había razón para que te lo dijera.

—Sí, sencillamente me hacía falta saberlo —dije—, porque ayuda a comprender a Amanda. No me extraña que tenga siempre el ceño tan fruncido.

—¿Qué significa eso? —dijo el pastor.

—Nada —contesté.

—Buenas noches, India Opal —dijo el pastor. Se inclinó y me besó y yo olí la zarzaparrilla y la fresa y la tristeza mezclados en su aliento. Le dio unos golpecitos a Winn-Dixie en la cabeza, se irguió, apagó la luz, salió y cerró la puerta.

No me dormí inmediatamente. Me quede allí tendida pensando que la vida era como una Pastilla Littmus, en que lo dulce y lo triste estaban entremezclados y lo difícil que era separarlos. Estaba confusa.

—¡Papá! —grité.

Un momento después abrió la puerta y me miró levantando las cejas.

—¿Qué palabra dijiste? ¿La palabra que significaba tristeza?

—Melancolía —dijo.

—Melancolía —repetí. Me gustaba cómo sonaba, como si tuviera música escondida dentro.

—Y ahora buenas noches —dijo el pastor.

—Buenas noches —le contesté. Me levanté de la cama, desenvolví una Pastilla Littmus y la chupé con todas mis fuerzas pensando en que mamá se había ido. Ese era un sentimiento de melancolía. Y luego pensé en Amanda y en

Carson, y eso también me hizo sentir melancólica. Pobre Amanda. Y pobre Carson. Tenía la misma edad que Pastelito. Pero nunca celebraría su sexto cumpleaños.

Capítulo Diecinueve

❖— A la mañana siguiente Winn-Dixie y yo fuimos a barrer la tienda de animales, y me llevé una Pastilla Littmus para Otis.

—¿Es Halloween? —me preguntó Otis cuando le tendí el caramelo.

—No —dije yo—. ¿Por qué?

—Pues porque me das un caramelo.

—Es un detallito —le dije—. Para hoy.

—Oh —dijo Otis. Desenvolvió la Pastilla Littmus y se la metió en la boca. Después de unos cuantos segundos le empezaron a caer lágrimas por la cara.

—Gracias —dijo.

—¿Te gusta? —le pregunté.

Asintió con la cabeza y dijo:

—Sabe bien, pero sabe también un poco como estar en la cárcel.

—¡Gertrudis! —berreó la cotorra. Cogió el envoltorio de la Pastilla Littmus con el pico, lo soltó, miró a su alrededor y repitió:

—¡Gertrudis!

—No te puedo dar uno —le dije—. No es para pájaros.

Entonces, muy rápidamente, antes de que mi valor se evaporara, añadí:

—Otis, ¿por qué estuviste en la cárcel? ¿Eres un asesino?

—De eso nada —respondió él.

—¿Un ladrón?

—No, señorita —respondió Otis. Chupó el caramelo con fuerza y bajó la vista hasta sus puntiagudas botas.

—No tienes que contármelo si no quieres —contesté yo—. Es simple curiosidad.

—No soy nada peligroso —dijo Otis—, si es lo que estás pensando. Me siento solo. Pero no soy nada peligroso.

—Vale —dije yo y me fui al cuarto trastero a por la escoba. Cuando volví, Otis estaba de pie en el mismo sitio donde le había dejado y seguía mirándose los pies.

—Fue por la música —dijo.

—¿Fue qué? —pregunté yo.

—Por lo que me metieron en la cárcel. Fue por la música.

—¿Qué sucedió?

—No podía dejar de tocar la guitarra. Solía tocar en la calle y a veces la gente me daba dinero. Pero no lo hacía por eso. Lo hacía porque la música es mejor si alguien te escucha. Bueno, pues un día vino la policía y me dijeron que parara. Me dijeron que estaba quebrantando la ley, pero durante todo el tiempo que me estuvieron hablando yo no dejé de tocar, y eso les puso muy furiosos. Intentaron ponerme unas esposas —suspiró—, y no me gustó nada. No habría podido seguir tocando la guitarra con esas cosas puestas.

—¿Y qué pasó entonces? —pregunté.

—Que les golpeé —susurró.

—¿Golpeaste a los policías?

—Uh-huh. A uno de ellos lo noqueé bien noqueado. Y me mandaron a la cárcel. Me encerraron y me quitaron la guitarra. Cuando finalmente me dejaron salir me hicieron prometer que nunca volvería a tocar la guitarra en la calle.

Levantó la vista rápidamente hacia mí, la devolvió a las puntas de sus botas y añadió:

—Y no lo he hecho, sólo toco aquí. Para los animales. Gertrudis, no la cotorra, sino la dueña de esta tienda, me dio este trabajo cuando se enteró por el periódico de lo que me había pasado y me dijo que me haría bien tocar para los animales.

—Ahora tocas tu música para mí, para Winn-Dixie y para Pastelito —dije.

—Ajá —asintió Otis—, pero no estáis en la calle.

—Gracias por habérmelo contado, Otis —dije yo.

—No pasa nada —dijo—. No pasa nada.

Entonces entró Pastelito. Le di una Pastilla Littmus y la escupió enseguida; dijo que sabía mal. Dijo que sabía a no tener perro.

Ese día barrí el suelo muy, muy despacio; quería hacerle compañía a Otis. No quería que se sintiera solo. A veces parecía que toda la gente del mundo se sentía sola. Pensé en mi mamá: pensar en ella era lo mismo que el agujero que exploras con la lengua cuando se te cae un diente. Una y otra vez mi mente se iba hasta

ese sitio vacío, el sitio donde yo me sentía como
pensaba que ella debía estar.

Capítulo Veinte

❖— Cuando le conté a Gloria Dump la historia de Otis y de cómo le habían arrestado, se rió tan fuerte que tuvo que sujetarse los dientes postizos para que no se le salieran de la boca.

—Es un hombre solitario —le dije—, y lo único que quiere es tocar música para alguien.

Gloria se enjugó los ojos con el bajo de su vestido y dijo:

—Ya lo sé, preciosa. Pero a veces las cosas son tan tristes que tienes que partirte de risa con ellas.

—¿Y quiere usted saber algo más? —dije pensando aún en cosas tristes—. Esa chica de la que le hablé, la de la expresión amargada, Amanda, pues fíjese, su hermano se ahogó el año pasado. Tenía solo cinco años, la misma edad que Pastelito Thomas.

Gloria dejó de sonreír, asintió con la cabeza y dijo:

—Recuerdo haberlo oído. Recuerdo haber oído que se había ahogado un niño.

—Por eso Amanda tiene esa expresión tan amargada —dije yo—. Echa de menos a su hermano.

—Lo más probable —asintió Gloria.

—¿Cree usted que todo el mundo echa de menos a alguien? ¿Como yo echo de menos a mi mamá?

—Mmmm-hmmm —dijo Gloria. Cerró los ojos y añadió: —A veces pienso que todo el mundo tiene el corazón roto.

No podía soportar seguir pensando en cosas tristes por las que uno no podía hacer nada, así que dije:

—¿Quiere usted oír otro capítulo de *Lo que el viento se llevó*?

—Me encantará —dijo Gloria—. Lo he estado esperando todo el día. Veamos lo que hace ahora la señorita Escarlata.

Abrí *Lo que el viento se llevó* y comencé a leer, pero todo el tiempo pensaba en Otis, sintiéndome triste porque no le permitían tocar la guitarra para la gente. En el libro, Escarlata quería asistir a una gran barbacoa donde iba haber música y comida. Así se me ocurrió la idea.

—¡Eso es lo que tenemos que hacer! —dije cerrando el libro de golpe. Winn-Dixie levantó la cabeza como un rayo debajo de la silla de Gloria. Miró alrededor nerviosamente.

—¿Eh? —dijo Gloria Dump.

—Dar una fiesta —dije—. Necesitamos dar una fiesta, invitar a la señorita Franny Block y al pastor y a Otis. Otis puede tocar la guitarra para todo el mundo. También puede venir Pastelito. Le encanta la música de Otis.

—¿Quienes? —preguntó Gloria.

—Nosotras, usted y yo. Podemos preparar algo de comer y dar la fiesta aquí en su jardín.

—Mmmm-hmmm —contestó Gloria Dump.

—Podríamos hacer sandwiches de mantequilla de cacahuete y cortarlos en triangulitos para que se vean elegantes.

—Ay, Dios —dijo Gloria Dump—. No sé si a todo el mundo le gusta la mantequilla de cacahuete tanto como nos gusta a nosotras y a este perro.

—Bueno, de acuerdo —dije yo—, entonces podemos hacer sandwiches de ensalada de huevo. A las personas mayores les gustan.

—¿Sabes hacer ensalada de huevo?

—No, señora —respondí yo—. No tengo una mamá que me enseñe cosas de esas. Pero apuesto a que usted sí. Y apuesto a que podría enseñarme. Por favor.

—Puede ser —contestó Gloria Dump. Puso la mano en la cabeza de Winn-Dixie y me sonrió. Supe que me decía que sí.

—Gracias —dije yo. Me incliné sobre ella y la abracé; la abracé bien fuerte. Winn-Dixie meneó el rabo e intentó meterse entre las dos. No soportaba que se le dejara fuera de algo.

—Va a ser la mejor fiesta del mundo —le dije a Gloria.

—Pero me tienes que hacer una promesa —dijo Gloria.

—De acuerdo —contesté yo.

—Tienes que invitar a los chicos Dewberry.

—¿Dunlap y Stevie?

—Hmmm —mmm, no habrá fiesta a menos que los invites.

—¿Tengo que hacerlo?

—Sí —dijo Gloria Dump—. Quiero que me lo prometas.

—Está bien, lo prometo —dije. No me gustaba la idea. Pero lo prometí.

Empecé a invitar a la gente de inmediato. Se lo dije al pastor en primer lugar.

—Papi —dije.

—¿Opal? —contestó el pastor.

—Papi, Winn-Dixie, Gloria Dump y yo vamos a dar una fiesta.

—Muy bien —dijo el pastor —, qué agradable. Seguro que lo pasáis muy bien.

—Papi —añadí—, te lo digo porque estás invitado.

—Oh —contestó el pastor. Se frotó la nariz y añadió:

—Ya veo.

—¿Podrás venir? —le pregunté.

El pastor suspiró y respondió:

—No veo por qué no.

A la señorita Franny Block le entusiasmó la idea.

—¿Una fiesta? —dijo aplaudiendo.

—Sí, señora —le dije—. Más o menos es como el tipo de barbacoa en Twelve Oaks que sale en

Lo que el viento se llevó. La única diferencia es que no va asistir tanta gente y que vamos a servir sandwiches de ensalada de huevo en lugar de carne.

—Suena riquísimo —dijo la señorita Franny. Y entonces señalando a la parte de atrás de la biblioteca susurró:

—Quizás podrías invitar también a Amanda.

—Lo más probable es que no quiera venir —contesté yo—. No le caigo muy bien.

—Pregúntaselo a ver qué dice —susurró la señorita Franny.

Así que fui hasta la parte de atrás de la biblioteca y le pregunté a Amanda Wilkinson con mi voz de niña educada si quería venir a mi fiesta. Ella miró a su alrededor toda nerviosa.

—¿Una fiesta? —dijo.

—Sí —dije yo—; me encantaría que pudieras venir.

Amanda se me quedó mirando fijamente con la boca abierta y después de unos segundos contestó:

—Vale. Quiero decir que sí. Gracias. Me encantará.

Y tal como le había prometido a Gloria se lo pregunté a los chicos Dewberry.

—No voy a ninguna fiesta de la bruja esa —dijo Stevie. Dunlap, dándole un buen codazo a Stevie dijo:

—Iremos.

—Nada de eso —dijo Stevie—. La bruja nos cocinará en ese caldero que tiene.

—Me da igual que vengáis o no —dije yo—. Os lo digo porque prometí que lo haría.

—Allí estaremos —dijo Dunlap. Me hizo un gesto con la cabeza y sonrió.

Pastelito se puso muy nerviosa cuando la invité.

—¿Cuál es el tema? ¿De qué va a tratar la fiesta? —preguntó.

—Pues de nada concreto —dije yo.

—Tienes que pensar un tema —contestó ella. Se metió un dedo en la boca, se lo sacó y añadió:

—No es una fiesta de verdad si no tiene un tema. ¿Viene el perro? —preguntó. Rodeó con sus brazos a Winn-Dixie y le apretó tan fuerte que casi se le salen los ojos de las órbitas.

—Sí —le dije.

—Bien —contestó ella—. Eso puede servir para el tema. Será una fiesta con tema perro.

—Lo pensaré —le dije.

La última persona a la que invité fue a Otis. Le conté todo sobre la fiesta y le dije que estaba invitado.

—No, gracias —contestó.

—¿Por qué no? —pregunté yo.

—No me gustan las fiestas —respondió Otis.

—Por favor —supliqué—. No será una fiesta si usted no viene. Barreré, quitaré el polvo y recogeré durante una semana. Si viene a la fiesta lo haré.

—¿Toda una semana gratis? —dijo Otis levantando la vista hacia mí.

—Sí —dije yo.

—Pero no tendré que hablar con la gente, ¿no?

—No, claro que no —respondí—. No tendrá que hablar con nadie. Pero traiga la guitarra, quizá pueda tocar algunas canciones.

—Quizá lo haga —dijo Otis, y volvió la vista a las botas rápidamente intentando esconder su sonrisa.

—Gracias —dije yo—. Gracias por haber decidido venir.

Capítulo Veintiuno

❖— Después de convencer a Otis para que viniera, el resto de los preparativos para la fiesta fue algo fácil y divertido. Gloria y yo decidimos celebrarla a última hora de la tarde, que haría más fresquito. Y la tarde anterior trabajamos en la cocina de Gloria preparando los sandwiches de ensalada de huevo. Los cortamos en triángulo, les quitamos las cortezas y les pusimos pequeños palillos con adornos de fantasía. Winn-Dixie estuvo sentado en la cocina con nosotras todo el rato, moviendo el rabo.

—Ese perro cree que estamos preparando estos sandwiches para él —dijo Gloria Dump.

Winn-Dixie le enseñó a Gloria todos los dientes.

—No son para ti —dijo ella.

Pero en un momento que Gloria creía que yo no la miraba, vi como le daba a Winn-Dixie un sandwich de ensalada de huevo, sin el palillo.

También hicimos ponche, mezclando zumo de naranja, zumo de uva y gaseosa en un barreño grande. Gloria lo llamó el ponche Dump y dijo que era mundialmente famoso. Pero yo jamás lo había oído antes.

Lo último que hicimos fue decorar el jardín. Colgué adornos de papel rizado rosa, naranja y amarillo de los árboles, llenamos bolsas grandes de papel con arena, metimos velas en ellas y unos minutos antes de que la fiesta empezara las encendí todas: convirtieron el jardín de Gloria Dump en un territorio encantando.

—Mmmm-hmmm —dijo Gloria Dump echando una mirada a su alrededor—. Incluso alguien con la vista tan mala como la mía, puede ver que ha quedado precioso.

Y sí que estaba precioso. Tan precioso que me hacía sentir cosas muy raras, como si tuviera el corazón hinchado y lleno; deseé desesperadamente saber dónde estaba mi mamá para que pudiera asistir a la fiesta.

La primera persona en llegar fue la señorita Franny Block. Llevaba un bonito vestido verde todo brillante y con reflejos, y se había colocado unos zapatos de tacón alto que la hacían tambalearse adelante y atrás cuando andaba. Incluso cuando se quedaba de pie parecía oscilar un poco, como si estuviera sobre la cubierta de un barco. Llevaba un gran bol de cristal lleno de Pastillas Littmus y dijo mientras me lo tendía:

—He traído un poco de dulce para el postre.

—Gracias —dije yo.

Puse el bol en la mesa junto a los sandwiches de ensalada de huevo y el ponche. Le presenté a la señorita Franny a Gloria: se dieron la mano y se dijeron cosas corteses la una a la otra.

Llegaron entonces Pastelito y su madre. Pastelito traía un montón de fotografías de perros que había recortado de revistas y dijo:

—Es para ayudarte con tu tema. Puedes usarlas para decorar; también he traído celo.

Y empezó a corretear de un lado a otro pegando las fotografías de perros a los árboles, a las sillas y a la mesa.

—No ha hecho otra cosa que hablar de esta fiesta todo el día —dijo su madre—. ¿Podrías acompañarla a casa cuando termine?

Prometí que lo haría. Presenté a Pastelito a la señorita Franny y a Gloria y en ese momento llegó el pastor. Llevaba chaqueta y corbata y estaba muy serio. Le dio la mano a Gloria Dump y a la señorita Franny Block y dijo cuantísimo placer tenía en conocerlas y contó que lo único que había oído de ellas eran cosas buenas. Le dio unos golpecitos a Pastelito en la cabeza y le dijo que era estupendo verla también fuera de la iglesia. Durante todo este rato Winn-Dixie estaba allí, entre todo el mundo, meneando el rabo tan fuerte que vi claro que le iba a dar un golpe a la señorita Franny e iba hacer que perdiera el equilibrio y se cayera. Llegó después Amanda Wilkinson con el pelo rubio rizado; tenía una expresión tímida, pero no amargada, como de costumbre. Me acerqué a ella y le presenté a Gloria Dump. Me quedé muy sorprendida de lo contenta que Gloria se puso de ver a Amanda. Yo tenía ganas de decirle que sabía lo de Carson, tenía ganas de decirle que sabía lo que se siente cuando se pierde a gente que se quiere, pero no dije una palabra. Estuve muy amable.

Allí estábamos todos de pie sonriéndonos unos a otros y como nerviosos, cuando una voz muy chirriante dijo:

—¡Gertrudis es un pájaro precioso!

Las orejas de Winn-Dixie se pusieron tiesas de golpe, ladró una vez y miró a todas partes. También yo miré, pero no vi ni a Gertrudis ni a Otis.

—Vuelvo inmediatamente —dije a todo el mundo. Winn-Dixie y yo fuimos corriendo a la parte delantera de la casa. Y claro que sí: allí de pie, en la acera estaba Otis. Llevaba la guitarra a la espalda y a Gertrudis en el hombro, y en las manos tenía el frasco de pepinillos más grande que había visto en toda mi vida.

—Otis —le dije—, venga a la parte de atrás, ahí es donde está la fiesta.

—Oh —dijo él, pero no se movió ni un centímetro; se limitó a quedarse ahí, de pie, sujetando el frasco de pepinillos.

—¡Perro! —chirrió Gertrudis. Levantó el vuelo desde el hombro de Otis y aterrizó en la cabeza de Winn-Dixie.

—No se preocupe, Otis —le dije—. Sólo hay unas cuantas personas, realmente casi ninguna.

—Oh —repitió Otis. Miró en torno suyo como si estuviera perdido, levantó el frasco de pepinillos y dijo:

—He traído pepinillos.

—Ya los he visto —contesté yo—. Es justamente lo que necesitábamos. Van perfectamente con los sandwiches de ensalada de huevo.

Le dije esto muy suave y muy bajito como si fuera un animal salvaje al que quisiera atraer para que comiera de mi mano.

Otis dio un diminuto paso hacia delante.

—Venga —susurré. Eché a andar, Winn-Dixie me siguió y cuando volví la cabeza vi que Otis también me seguía.

Capítulo Veintidós

❖— Otis me siguió hasta el patio donde dábamos la fiesta. Antes de que pudiera salir corriendo se lo presenté al pastor.

—Papá —dije—, éste es Otis. Es el encargado de Animales de Compañía de Gertrudis, el que toca la guitarra.

—¿Cómo está usted? —dijo el pastor y le tendió la mano a Otis. Otis se quedó allí de pie, pasándose el frasco de pepinillos de un lado a otro intentando liberar una mano con la que estrechar la del pastor. Finalmente se inclinó para dejar el frasco en el suelo, pero al agacharse la guitarra se deslizó hacia delante y le golpeó la cabeza con un pequeño toing. Pastelito se rió y le señaló como si Otis lo hubiera hecho a propósito sólo para divertirla.

—¡Ouch! —dijo Otis. Se irguió de nuevo, se descolgó la guitarra del hombro y la dejó en el suelo junto al frasco de pepinillos; luego se limpió la mano en los pantalones y se la tendió al pastor, que se la estrechó y dijo:

—Es un placer estrecharle la mano.

—Gracias —respondió Otis—. He traído pepinillos.

—Ya me he dado cuenta —respondió el pastor.

Después de que el pastor y Otis hubieran terminado con los saludos, les presenté a Otis a la señorita Franny Block y a Amanda.

Y después se lo presenté a Gloria Dump. Gloria le estrechó la mano y le sonrió, y Otis la miró a los ojos y le devolvió la sonrisa. Una gran sonrisa.

—He traído pepinillos para su fiesta —le dijo Otis.

—Y yo me alegro mucho de ello —respondió Gloria—. No es una fiesta si no hay pepinillos.

Otis bajó la vista hacia el gran frasco de pepinillos. Su cara estaba toda roja.

—Opal —dijo Gloria—, ¿cuándo van a llegar los chicos?

—No sé —respondí encogiéndome de hombros—. Les dije a la hora que empezábamos. Lo que no le dije es que probablemente no vinieran. porque les daba miedo ir a una fiesta en la casa de una bruja.

—Bien —dijo Gloria—, tenemos sandwiches de ensalada de huevo, tenemos ponche Dump, tenemos pepinillos, tenemos fotos de perros, tenemos Pastillas Littmus y tenemos incluso un pastor que puede bendecir esta fiesta.

Gloria Dump volvió el rostro hacia el pastor. Mi padre le hizo un gesto de asentimiento con la cabeza, se aclaró la garganta y dijo:

—Querido Dios, te damos las gracias por las cálidas noches de verano, la luz de las velas y los buenos alimentos. Pero te damos las gracias sobre todo por nuestros amigos. Apreciamos en lo que vale los complicados y maravillosos regalos que nos das en cada unos de ellos. Y apreciamos la tarea que pones ante nosotros, la tarea de amarnos lo mejor que podamos, incluso como Tú nos amas, Recemos en nombre de Cristo. Amén.

—Amén —respondió Gloria Dump.

—Amén —susurré yo.

—Gertrudis —chirrió Gertrudis.

—¿Vamos a comer ya? —preguntó Pastelito.

—Shhh —dijo Amanda.

Winn-Dixie estornudó.

De repente, a lo lejos, hubo un retumbar de truenos. Al principio creí que eran las tripas de Winn-Dixie, que hacían ruidos.

—No se suponía que fuera a llover —dijo Gloria Dump—. No había pronóstico de lluvia.

—Este vestido es de seda —dijo la señorita Franny Block—. No puede mojarse.

—Quizá deberíamos pasar dentro —dijo Amanda.

El pastor miró hacia el cielo y justo en ese momento empezó a diluviar.

Capítulo Veintitrés

❖— ¡Salva los sandwiches! —me gritó Gloria Dump—. Salva el ponche.

—¡Tengo las fotografías de los perros! —gritó Pastelito. Iba correteando de un sitio a otro arrancándolas de los árboles y de las sillas. —¡No te preocupes, Opal! ¡Las tengo!

Yo agarré la bandeja de sandwiches de ensalada de huevo y el pastor agarró el ponche y nos metimos corriendo en la cocina con ellos; cuando salí de nuevo vi que Amanda sujetaba a la señorita Franny Block y la ayudaba a entrar en casa.

La señorita Franny se tambaleaba tanto con los zapatos de tacón que la lluvia la hubiera derribado si no hubiera sido por la ayuda de Amanda.

Yo sujeté el brazo de Gloria Dump.

—Estoy bien —dijo. Pero me puso la mano en el brazo y me sujetó fuerte.

Eché un vistazo al jardín antes de volver a entrar. Todo el papel rizado se había deshecho y las velas se habían apagado. Entonces vi a Otis. Estaba ahí, de pie, junto a su frasco de pepinillos, mirándose las botas.

—¡Otis! —le grité por encima de la lluvia—, venga, entre.

Ya estábamos todos en la cocina. Amanda y la señorita Franny se reían y se sacudían como si fueran perros.

—¡Qué manera de llover! —dijo la señorita Franny—. Qué manta de agua ¿no?

—Vino repentinamente —dijo el pastor.

—¡Uuuuyyy! —dijo Gloria.

—¡Perro! —chirrió Gertrudis. La cotorra estaba sentada en la mesa de la cocina. Los truenos retumbaban estremeciéndolo todo.

—¡Oh, no! —dije mirando toda la cocina.

—No te preocupes —dijo Pastelito—. He salvado todas las fotos. Aquí mismo las tengo —dijo agitando hacia mí el mazo de fotografías de perros.

—¿Dónde está Winn-Dixie? —grité—. Me he olvidado de él. No hacía más que pensar en la fiesta y me he olvidado de Winn-Dixie. Me he olvidado de protegerle de los truenos.

—Venga, Opal —dijo el pastor—, lo más probable es que esté fuera, en el patio, escondido debajo de una silla. Venga, iremos a echar un vistazo.

—¡Esperad! —dijo Gloria Dump—. Voy a buscar una linterna y unos paraguas.

Pero yo no quería esperar: salí corriendo al patio. Miré debajo de las sillas y en los arbustos y en los árboles. Grité y grité su nombre... tenía un nudo en la garganta: era culpa mía. Se suponía que yo tenía que protegerle y se me olvidó.

—Opal —oí que me llamaba el pastor. Levanté la vista. Estaba de pie en el porche con Gloria. También estaban junto a ellos Dunlap y Stevie Dewberry.

—Han llegado tus invitados —dijo el pastor.

—¡Me da igual! —chillé.

—Ven aquí ahora mismo —dijo Gloria Dump con tono seco y severo. Me lanzó un destello con la linterna.

Me dirigí hacia el porche; Gloria me tendió la linterna y dijo:

—Dile hola a estos chicos. Diles que te alegra que hayan venido y que volverás en cuanto encuentres a tu perro.

—Hola —dije—. Gracias por venir. En cuanto encuentre a Winn-Dixie volveré inmediatamente.

Stevie se me quedó mirando fijamente, con la boca abierta.

—¿Quieres que te ayude? —preguntó Dunlap.

Negué con la cabeza; intentaba no echarme a llorar.

—Ven aquí, niña —dijo Gloria Dump. Me atrajo hacia ella y me susurró al oído:

—No hay manera de aferrarte a algo que quiere irse. Sólo puedes amar lo que tienes mientras lo tienes.

Me apretó con fuerza.

—Que tengas muy buena suerte —me dijo. El pastor y yo salimos del porche y nos metimos en la lluvia.

—¡Buena suerte! —gritó la señorita Franny desde la cocina.

—Ese perro no se ha perdido —oí que Pastelito le decía a alguien—: es demasiado listo para perderse.

Me di la vuelta y miré hacia la casa. Lo último que vi fue la luz del porche reflejándose sobre la cabeza calva de Dunlap Dewberry. Me puse triste al verlo ahí, de pie, en el porche de Gloria, con su reluciente cabeza. Dunlap vio que lo miraba, levantó la mano y me saludó. Yo no le devolví el saludo.

Capítulo Veinticuatro

❖— El pastor y yo echamos a andar mientras gritábamos ¡¡¡Winn-Dixieee!!!

Era bueno que lloviera tanto, porque era mucho más fácil llorar. Lloré y lloré y lloré y todo el tiempo llamaba a Winn-Dixie.

—¡Winn-Dixieee! —gritaba.

—¡Winn-Dixieee! —gritaba el pastor. Y después silbaba alto y fuerte. Pero Winn-Dixie no daba señales de vida.

Recorrimos todo el pueblo. Dejamos atrás la casa de los Dewberry, la Biblioteca Conmemorativa Herman W. Block, la casa amarilla de Pastelito y la tienda Animales de Compañía de Gertrudis. Llegamos al Aparcamiento de Caravanas el Rincón Amistoso y lo primero que hicimos fue mirar debajo de la nuestra. Luego nos acercamos hasta la Iglesia Baptista Brazos Abiertos de Naomi. Dejamos atrás las vías del ferrocarril y bajamos hasta la autopista cincuenta. Los coches pasaban con sus destellantes pilotos traseros rojos que parecían mirarnos con malicia.

—Papá —dije yo—, papá ¿qué pasa si lo han atropellado?

—Opal —contestó el pastor—, no podemos preocuparnos por algo que ha podido ocurrir. Todo lo que podemos hacer es seguir buscándolo.

Caminamos y caminamos. Mientras andábamos empecé a redactar en mi cabeza una lista de diez cosas que yo sabía sobre Winn-Dixie, cosas que se podían escribir en carteles para ponerlos por toda la vecindad, cosas que quizás ayudarían a que la gente lo encontrara.

Número uno, es que tenía miedo patológico a las tormentas.

Número dos, es que le gustaba sonreír mostrando todos los dientes.

Número tres, es que corría muchísimo.

Número cuatro, es que roncaba.

Número cinco, es que podía cazar ratones sin matarlos.

Número seis, es que le gustaba conocer gente.

Número siete, es que le gustaba comer mantequilla de cacahuete.

Número ocho, es que no soportaba que lo dejaran solo.

Número nueve, es que le gustaba sentarse en los sillones y dormir en la cama.

Número diez, es que no le importaba ir a la iglesia.

Seguí repasando mentalmente la lista una y otra vez. La memoricé del mismo modo que había memorizado la lista de las diez cosas que sabía sobre mi mamá. La memoricé para tener algo de él a lo que aferrarme si no lo encontraba. Pero al mismo tiempo pensé en algo en que no había caído antes, y era que una lista de cosas no mostraba el auténtico Winn-Dixie, del mismo modo que una lista de diez cosas no me hacían conocer a mi mamá. Y pensar en ello me hizo llorar todavía más.

El pastor y yo buscamos a Winn-Dixie durante mucho rato. Finalmente mi padre dijo que era mejor que regresáramos.

—¡Pero papá! —dije—, Winn-Dixie está ahí fuera, en alguna parte. No podemos abandonarlo.

—Opal —contestó el pastor—, hemos buscado y buscado por todas partes.

—No puedo creer que te des por vencido —le
dije.

—India Opal —contestó el pastor frotándose
la nariz—, no discutas conmigo.

Levanté la cabeza y le miré. La lluvia había
amainado un poco; ahora era sólo una llovizna.

—Es hora de volver —añadió el pastor.

—No —contesté—. Vete tú, yo voy a seguir
buscando.

—Opal —dijo el pastor muy bajito—, es hora
de regresar.

—¡Siempre te das por vencido! —grite—.
¡Siempre metes la cabeza en tu estúpido
caparazón de tortuga! Apuesto a que ni siquiera
fuiste a buscar a mi mamá cuando se marchó.
Apuesto a que dejaste que se fuera.

—Niña —respondió el pastor—, no pude
detenerla. Lo intenté. ¿No piensas que yo
también quería que se quedara? ¿No piensas
que la echo de menos todos los días?

Extendió los brazos, los dejó caer a sus
costados y dijo:

—Lo intenté, lo intenté.

Entonces hizo algo increíble. Empezó a llorar. El pastor estaba llorando. Sus hombros se movían arriba y abajo y hacía ruidos entrecortados. Dijo entonces:

—Y no creas que perder a Winn-Dixie no me duele tanto como a ti. Quiero a ese perro. Yo también lo quiero.

—Papá —dije. Me acerqué a él y rodeé su cintura con mis brazos. Lloraba tan fuerte que temblaba.

—No pasa nada —le dije—. No te preocupes, todo va a salir bien. Shhh. Le dije eso y otras cosas, como si fuera un niño pequeño asustado. Nos quedamos allí abrazados balanceándonos hacia delante y hacia atrás. Al cabo de un rato el pastor dejó de agitarse aunque yo seguía abrazada a él. Finalmente reuní las fuerzas necesarias para hacerle la pregunta que quería.

—¿Crees que volverá algún día? —susurré.

—No —dijo el pastor—. No, no lo creo. He esperado y he rezado, y he soñado con ello durante años. Pero no creo que vuelva nunca.

—Gloria dice que no puedes aferrarte a nada, que sólo puedes amar lo que tienes mientras lo tienes.

—Tiene razón —dijo el pastor—. Gloria tiene toda la razón.

—Pues yo no estoy preparada para dejar que Winn-Dixie se vaya. Me había olvidado de él por unos segundos, pensando en mi mamá.

—Le seguiremos buscando —dijo el pastor —. Seguiremos buscándole los dos. Pero ¿sabes qué? Acabo de darme cuenta de algo, India Opal. Cuando te dije que tu mamá se había llevado todo, se le olvidó algo, algo muy importante que dejó atrás.

—¿Qué? —pregunté.

—Tú —respondió el pastor—. Gracias a Dios tu mamá me dejó a ti.

Y me abrazó con más fuerza.

—Yo también me alegro de tenerte —respondí. Y lo sentía de verdad. Tomé su mano e iniciamos el camino de vuelta al pueblo, gritando el nombre de Winn-Dixie y silbando todo el camino.

Capítulo Veinticinco

❖— Oímos la música mucho antes de que llegáramos a la casa de Gloria Dump. La oímos casi a una manzana de distancia. Sonaba una guitarra y oímos cantar y dar palmadas.

—Me pregunto qué sucede —le dije a mi padre.

Llegamos hasta la acera de la casa de Gloria, rodeamos ésta, atravesamos el patio y entramos en la cocina: allí estaba Otis tocando su guitarra y la señorita Franny y Gloria sentadas, sonriendo y cantando. Gloria tenía a Pastelito en su regazo. Amanda, Dunlap y Stevie estaban sentados en el suelo de la cocina dando palmas y pasándoselo en grande. Incluso Amanda sonreía. Yo no podía creer que estuvieran tan felices cuando faltaba Winn-Dixie.

—¡No lo encontramos! —les grité.

La música se detuvo, Gloria Dump me miró y dijo:

—Niña ya sabemos que no lo habéis encontrado. No lo habéis encontrado porque ha estado aquí todo el tiempo.

Agarró el bastón, le dio un golpecito a algo que estaba debajo de la silla y dijo:

—Sal de ahí.

Se produjo un ronquido y un suspiro.

—Está dormido —dijo—. Está dormido como un tronco.

Le dio otro golpecito con su bastón y entonces Winn-Dixie salió de debajo de la silla y bostezó.

—¡¡Winn-Dixie!! —chillé yo.

—¡Perro! —chirrió Gertrudis.

Winn-Dixie meneó el rabo, me enseñó todos los dientes y estornudó. Yo llegué a él empujando a todo el mundo, me tiré al suelo y lo abracé todo lo fuerte que pude.

—¿Dónde has estado? —le pregunté.

Bostezó de nuevo.

—¿Cómo lo encontrasteis? —pregunté.

—Es una historia estupenda —dijo la señorita Franny—. Gloria, ¿por qué no la cuentas?

—Bien —dijo Gloria Dump—, estábamos sentados esperándolos. Después de que convenciera a estos chicos Dewberry de que no soy una bruja horrible repleta de encantamientos y pociones...

—Claro que no es una bruja —dijo Stevie meneando su calva cabeza. Parecía más bien decepcionado.

—Nooo. Claro que no. Si lo fuera ya nos habría convertido en sapos —dijo Dunlap haciendo una mueca.

—Yo podría haberte dicho que no era ninguna bruja, las brujas no existen —dijo Amanda—. No son más que leyendas.

—Bueno, continúo —dijo Gloria—. Lo que sucedió es que terminamos con el asunto éste de las brujas y entonces Franny dijo ¿por qué no tocamos un poco de música mientras esperamos que esos dos vuelvan? Así que Otis se puso a tocar la guitarra y uuuyyy, no hay una canción que no se sepa. Y si no se la sabe la saca inmediatamente en cuanto se la tarareas. Tiene un don.

Gloria se detuvo y le sonrió a Otis, y él le devolvió la sonrisa. Parecía como si le hubieran iluminado por dentro.

—Diles lo que pasó —dijo Pastelito—. Cuéntales lo del perro.

—Así que —dijo Gloria—, Franny y yo empezamos a recordar todas las canciones que nos sabíamos de cuando éramos niñas. Hicimos que Otis las tocara y empezamos a cantarlas, enseñándoles las letras a estos niños de aquí.

—Y entonces alguien estornudó —gritó Pastelito.

—Así es —siguió Gloria—. Alguien estornudó y no era ninguno de nosotros. Así que miramos por todas partes, preguntándonos quién lo habría hecho, y pensando que quizá se nos hubiera metido un ladrón en la casa. Buscamos y buscamos y no oímos nada, así que nos pusimos a cantar otra vez. Y ya te digo, de repente hubo otro gran achús parecía salir de mi dormitorio, así que envié a Otis a que mirara. Le dije: "Otis entra ahí y mira a ver quién estornuda". Y Otis fue. ¿Y sabes a quién encontró?

Negué con la cabeza.

—¡A Winn-Dixie! —gritó Pastelito.

—Ese perro tuyo se había escondido debajo de mi cama apretándose contra la pared como si el mundo fuera a acabarse. Pero sonreía como un bobo cada vez que oía a Otis tocar la guitarra, sonreía con tantas ganas que estornudaba.

Mi papá se rió.

—Es verdad —dijo la señorita Franny.

—Es la verdad —añadió Stevie.

Dunlap asintió con la cabeza y me sonrió.

—Así que —siguió Gloria Dump—, Otis se puso a tocar la guitarra sólo para tu perro y poquito a poco Winn-Dixie salió arrastrándose de debajo de la cama.

—Estaba cubierto de polvo —dijo Amanda.

—Parecía un fantasma —dijo Dunlap.

—Sí —dijo Pastelito—, justo como un fantasma.

—Mmmm-hmmm —dijo Gloria—. Sí, se parecía mucho a un fantasma. En cualquier caso, la tormenta cesó después de un rato y tu perro se instaló debajo de mi silla. Y se durmió. Y allí ha estado desde entonces, esperando a que volvieras y lo encontraras.

—Winn-Dixie —dije. Le apreté tan fuerte que jadeó—. Estábamos por ahí fuera silbando y llamándote y tú has estado aquí todo el rato. Gracias —dije a todo el mundo.

—Bien —dijo Gloria Dump—. No hicimos nada. Nos sentamos aquí y esperamos y cantamos unas cuantas canciones. Nos hemos hecho buenos amigos. El ponche está todo aguado y los sandwiches de ensalada de huevo se han estropeado con la lluvia. Si quieres comer ensalada de huevo tendrás que comértela con cuchara. Pero tenemos pepinillos. Y Pastillas Littmus. Y la fiesta no ha hecho más que empezar.

Mi papá agarró una silla de la cocina y se sentó.

—Otis —dijo—, ¿te sabes himnos?

—Alguno me sé —respondió Otis.

—Tataréelo —dijo la señorita Franny asintiendo con la cabeza—, y él lo toca.

Así que papá empezó a tararear algo y Otis a puntearlo en su guitarra, y Winn-Dixie a menear el rabo, tumbado debajo de la silla de Gloria.

Miré a todas las caras diferentes que tenía a mi alrededor, y sentí que mi corazón se hinchaba dentro de mí de pura felicidad.

—Volveré en un minuto —dije.

Pero todos estaban cantando y riendo, y Winn-Dixie roncaba, así que nadie me oyó.

Capítulo Veintiséis

❖— Afuera la lluvia había cesado, las nubes habían desaparecido y el cielo estaba tan despejado que parecía que se podían ver todas y cada una de las estrellas. Fui hasta la parte trasera del patio de Gloria Dump. Me acerqué hasta su árbol de los errores y lo miré. Las botellas estaban quietas: no había ni un soplo de brisa, con lo cual se limitaban a colgar allí. Miré al árbol y luego levanté la vista al cielo.

—Mamá —dije como si estuviera de pie a mi lado—, sé diez cosas de ti y no son suficientes. Pero papá me va a contar más, sé que lo hará, ahora que sabe bien que no vas a volver. Te echa de menos y yo te echo de menos, pero mi corazón ya no esta vacío. Está lleno hasta arriba. Te prometo que seguiré pensando en ti, pero probablemente no tanto como este verano.

Eso fue lo que dije esa noche bajo el árbol de los errores de Gloria Dump. Y cuando hube terminado me quedé allí mirando al cielo, contemplando las constelaciones y los planetas. Y entonces recordé mi propio árbol, el que Gloria me había ayudado a plantar. No lo había mirado desde hacia tiempo. Me puse a buscarlo a gatas y cuando lo encontré me quedé sorprendida de lo mucho que había crecido. Todavía era pequeño, todavía tenía más aspecto de planta que de árbol, pero las hojas y las ramas parecían crecer sanas y fuertes. Estaba allí de rodillas cuando oí una voz que decía:

—¿Estás rezando?

Levanté la vista. Era Dunlap.

—No —contesté—. No estoy rezando. Estoy pensando.

Cruzó los brazos, bajó la vista hacia mí y dijo:

—¿En qué? —preguntó.

—En un montón de cosas distintas —dije—. Siento mucho haberos llamado bebés calvos a Stevie y a ti.

—No pasa nada —dijo—. Gloria me dijo que viniera a buscarte.

—Te dije que no era una bruja.

—Ya lo sé. Lo he sabido todo el tiempo. Lo decía para fastidiarte.

—Oh —dije. Le miré atentamente, pero era difícil verle bien en el oscuro patio.

—¿No te vas a levantar nunca? —preguntó.

—Sí —contesté.

Y entonces hizo algo que me sorprendió, hizo algo que no hubiera creído ni en un millón de años que un chico Dewberry fuera a hacer: extendió la mano para ayudarme. Yo la tomé y dejé que me ayudara a ponerme de pie.

—Te echo una carrera hasta la casa —dijo Dunlap. Y comenzó a correr.

—¡Vale! —grité yo—. Pero te lo advierto, soy muy rápida.

Corrimos y le gané. Toqué la esquina de la casa de Gloria Dump un momento antes de que él lo hiciera.

—No deberíais correr en la oscuridad —dijo Amanda. Estaba de pie en el porche, mirándonos. Podríais tropezaros con algo.

—Bah, Amanda —dijo Dunlap meneando la cabeza.

—Bah, Amanda —dije yo también. Y entonces me acordé de Carson y me sentí mal por ella. Subí al porche, le tomé de la mano, tiré suavemente de ella y dije:

—Venga, entremos.

—India Opal —me dijo papá cuando Amanda, Dunlap y yo entramos. ¿Te vas a sentar aquí a cantar con nosotros?

—Sí, señor —contesté—. Lo que pasa es que no me sé muchas canciones.

—Te las enseñaremos —dijo él con una gran sonrisa. Era una cosa buena de ver.

—Es cierto —dijo Gloria Dump—. Te las enseñaremos.

Todavía tenía a Pastelito en el regazo, pero la niña tenía los ojos cerrados.

—¿Te apetece una Pastilla Littmus? —me preguntó la señorita Franny pasándome el bol.

—Gracias —contesté. Cogí una Pastilla Littmus, la desenvolví y me la metí en la boca.

—¿Quieres un pepinillo? —me preguntó Otis levantando el enorme frasco.

—No, gracias —contesté—. No en este momento.

Winn-Dixie salió de debajo de la silla de Gloria Dump. Se sentó a mi lado y se apoyó sobre mí como yo me apoyaba sobre mi papá. Amanda se quedó de pie a mi lado y cuando la miré no me pareció en absoluto que tuviera el ceño fruncido.

Dunlap hizo sonar sus nudillos y dijo:

—Bien, ¿vamos a cantar o qué?

—Sí —dijo Stevie—, ¿vamos a cantar o qué?

—Vamos a cantar —dijo Pastelito, abriendo mucho los ojos y sentándose muy tiesa. Vamos a cantar para el perro.

Otis hizo sonar un acorde en su guitarra mientras el sabor de las Pastillas Littmus se abría en mi boca como un capullo que florece, todo triste y alegre. Y entonces Otis y Gloria y Stevie y la señorita Franny y Dunlap y Amanda y Pastelito y mi papá empezaron a cantar una canción. Y yo escuché muy atentamente para aprendérmela hasta el último detalle.